每个孩子都是一个春天

李良旭 著

路过心上的经典散文
邂逅一生的悦读，愿你翻过每一页

天津出版传媒集团
百花文艺出版社

图书在版编目(CIP)数据

每个孩子都是一个春天 / 李良旭著. -- 天津 : 百花文艺出版社, 2021.1

ISBN 978-7-5306-7980-7

Ⅰ. ①每… Ⅱ. ①李… Ⅲ. ①散文集 – 中国 – 当代 Ⅳ. ①I267

中国版本图书馆 CIP 数据核字(2020)第 207040 号

每个孩子都是一个春天

MEIGE HAIZI DOUSHI YIGE CHUNTIAN

李良旭 著

出 版 人:薛印胜

责任编辑:魏 青

装帧设计:宋双成

出版发行:百花文艺出版社

地址:天津市和平区西康路 35 号 **邮编**: 300051

电话传真: + 86–22–23332651（发行部）

+ 86–22–23332656（总编室）

+ 86–22–23332478（邮购部）

网址: http:// www.baihuawenyi.com

印刷: 唐山富达印务有限公司

开本: 640mm×910mm 1/16

字数: 260 千字

印张: 18

版次: 2021 年 1 月第 1 版

印次: 2021 年 1 月第 1 次印刷

定价: 49.80 元

如有印装质量问题,请与唐山富达印务有限公司联系调换

地址:唐山市芦台经济开发区农业总公司三社区

电话:(022)69383810 邮编:301505

在阅读中优雅老去

二十岁时，第一次去凤凰，不为古镇美景，只为能与偶居夺翠楼的黄永玉先生见上一面。

时逢雨季，沱江奔啸，烟波微茫信难求。苦待数日，仍没能等到想见之人。

在清冷的雨丝中独自徘徊，满心失落。无意走进一家书店，里面尽是沈从文先生的文本作品。无处可去，只好在僻幽的角落里翻阅旧籍。而后，一发不可收拾。

回程当日，总觉有重要东西遗落城中，寻思许久，才跑去那条巷子的书店里买了本周身泛黄的《边城》。这本有着深蓝小印戳的《边城》，至今仍安躺于我的书柜里——它不仅使我在未果的行程中找到些许补偿，更让我在之后的时光无比怀念二十岁的自己。

再后来，兴许命中所定，真与书结下了不解之缘。不但自己看书写书，更领着诸多热爱文学的人走上了自己想走的路。

我经常跟学生们说，阅读是写作的命脉，只有不断阅读，才能保持创作角度的新颖和思维的敏捷。然而，阅读所赐予的，又何止是这些？

不管在何时何地，只要手中捧着一本书，心里便会觉得安然。书不但能排遣无聊的寂寞，将岁月的伤痛逐一缝补，还能把心灵淬炼成一块玲珑美玉。

一个爱书之人，必是睿智且沉稳的。遇事不惊，处之泰然。古人所说的“腹有诗书气自华”，便是这意思。

生命本就是一次有限的跋涉。一个经常看书和一个经常沉迷在网游世界的人，心灵绝对是不一样的。前者，往往更能体悟一叶一菩提的真谛。

书本所给予心灵的力量，是不可言喻的。十年寒窗，说的并不是读书人的艰辛，而是意在表述读书人的坚忍和不懈。试问，有多少人可以在寒窗下十年如一日地重复做同一件事情？

正如北大教授曹文轩所说：世间最优雅的姿态，就是阅读。不论静坐还是倾卧，甚至在厕所里，它都是最美的姿态。因为这样的人，通常都会从骨子里散发出一种极具亲和力的书卷气。

阅读人物，通晓历史，可以他人鉴知自己得失；阅读杂文，百味世事，可在辛言辣语中澡雪精神；阅读情感，温热肺腑，可居书香浓情里滋养心灵；阅读故事，体会人生，可于静谧岁月中倾情流泪……

每一种书，都是风景；每一本书，都是亟待窥破的秘密。

宋朝诗人黄山谷有一句名言："三日不读书，便觉语言无味，面目可憎。"这其中说的，就是每日读书的重要性。

本套系列图书，所遵循的就是这个简单的理论。通过遴选当下不同类型的精华文章，给读者送去不同的心灵养分——成长卷让你懂得如何珍惜青春，成功卷让你明白如何把握自己的人生，真情卷让你寻回本真的感动，感悟卷让你看到世界别样的美好……

为了能找到年度最精华的文章，为了给读者省去寻找的繁琐，我们几乎把本年度的期刊翻了个遍，邀请了二十四位中学生喜爱的作家，目的就是为了去其糟粕，取其精华。

这些作家的名字，不仅经常出现在全国各大刊物，还经常出现在各省市的中高考语文阅读理解试题中——我们的宗旨只有一个，就是为这个时代的读者，奉献好书。

但愿我们可以放慢匆乱的步伐，一起在欢愉的阅读中，优雅老去。

一路开花

二〇一八年十二月书于云南曲靖

目录

第三辑　爱的教育

第四辑　疼痛的雕塑

第五辑　没有晚安会多余

第一辑

最懂故事的人

卡布奇诺咖啡厅，流传着一个又一个的爱心故事，这些爱心故事，就像卡布奇诺咖啡，有一种淡淡的苦涩，更有一种回味无穷的甜，在人们心底，荡起层层涟漪……

卡布奇诺的甜

蒙提拿破仑大街是意大利米兰的一条著名商业街。蒙提拿破仑大街76号，是一家经营很多年的咖啡厅。经营这间咖啡厅的主人安东尼，已是76岁的老人了。

每天光顾这家咖啡厅的顾客，不仅有游客和住在附近的常客，还有一些无家可归的流浪人。这些流浪人，有老人，也有少年。他们在这里，和那些顾客一样，面前都有一杯热气腾腾的卡布奇诺咖啡。

那一杯杯经安东尼亲手调制的卡布奇诺咖啡有一种浓浓的香醇，还有一种淡淡的苦涩，更有一种回味无穷的甜。

安东尼在这儿经营这间咖啡厅已有50多年了，蒙提拿破仑大街上的每一块砖，每一扇窗，对他来说都已十分熟悉。

每天清晨打开门，安东尼总是对着墙上一幅画像说道："吉姆大叔，卡布奇诺咖啡厅，今天又开始营业了，我会将您的恩德传承下去的。"

他看到墙上那幅画像，好像在频频点头，脸上露出慈祥的微笑……

安东尼曾经是一名无家可归的流浪儿。那年，天气格外寒冷，整条蒙提拿破仑大街都被冻住了。蒙提拿破仑大街76号卡布奇诺咖啡厅热气腾腾，咖啡的浓香在咖啡厅弥漫。许多顾客为了躲避严寒，来到咖啡厅里，边品尝着香浓美味的卡布奇诺，边消磨着时光。

咖啡厅老板吉姆先生边热情招呼着顾客，边端来一杯杯热腾腾的咖啡。不经意地，吉姆先生发现窗外的玻璃上印着一张稚气的脸，这张脸的眉毛上挂了一层冰霜，正向屋里张望着，脸上露出渴望的神色。

吉姆先生打开门，看到是一个少年流浪儿，只见他穿着单薄的衣服，冻得瑟瑟发抖。吉姆先生赶紧走了过去，拉起少年的手，说道："孩子，进屋里暖和暖和。"

少年慌乱地往后退缩着，说道："我没钱！"

吉姆感到少年的手像一块冰，他眼睛一红，又一次紧紧拉住少年的手，说道："我不要钱，只是邀请你进屋暖和暖和。"

少年听了，还是将信将疑。吉姆紧紧握住少年的手走进屋内。刚进屋，一股暖流扑面而来，少年感觉一下暖到了心里。

吉姆请少年坐在一个空位上，又端来一杯热气腾腾的咖啡，对少年说："快喝下去吧，暖暖身子。"

少年喝了一口咖啡，顿时感到沁人心脾，他忽然流下两行热泪，感激地说道："谢谢您！这是我第一次喝这么好喝的咖啡！"

吉姆听了，心里一酸，眼圈一下红了，他问："孩子，你叫什么名字？"

少年哽咽地回答道:“我叫安东尼,我的父母都因病去世了,我也被债主从家里赶了出来,我只好在大街上四处流浪。”

吉姆握住少年的手,热情地说道:“孩子,你就叫我吉姆大叔吧,以后你就把这里当作自己的家。”

少年安东尼激动得热泪盈眶,他亲切地喊了声“吉姆大叔!”然后一下扑进吉姆的怀里,紧紧拥抱着他……

就这样,安东尼留在了卡布奇诺咖啡厅,他帮吉姆打理着咖啡厅里的生意。渐渐地,安东尼还学会调制卡布奇诺咖啡,经他调制的卡布奇诺咖啡,与吉姆先生调制的咖啡,一样香浓可口,余香绵绵。

安东尼发现,吉姆大叔常常邀请那些街头流浪人进咖啡厅,给他们端上一杯热气腾腾的咖啡。吉姆大叔常对安东尼说,孩子,我们把街头那些流浪人请进咖啡厅,就是要让他们感到春天般的温暖,这样也许会改变他们的一生,就像卡布奇诺咖啡的味道,淡淡的苦涩中夹着一丝回味无穷的甜,那甜,绕齿留香,清新淡雅。

安东尼深深记住吉姆大叔的话。他想,如果没有吉姆大叔将他请进屋,他一定还在街头四处流浪,是吉姆大叔改变了他的一生。

安东尼18岁那年,吉姆大叔不幸因病去世了。临终前,吉姆大叔握着安东尼的手,断断续续地说道:“孩子,我走后,卡布奇诺咖啡厅就交给你了,记住,你一定要将卡布奇诺咖啡厅经营好,要关爱每一个流浪人,作为卡布奇诺咖啡厅经营宗旨,无论什么时候都不能忘记。”

吉姆大叔去世了，安东尼成为卡布奇诺咖啡厅的老板。在安东尼精心经营下，卡布奇诺咖啡厅发展更加兴旺。几十年过去了，卡布奇诺咖啡厅变化很大，但关爱每一个流浪人的经营宗旨，这一条从没有改变过。人们不经意地发现，卡布奇诺咖啡厅又多了一个小伙计，他正热情地招呼着顾客。原来，这小伙计也是蒙提拿破仑大街的一名流浪少年，是安东尼收留了他。

卡布奇诺咖啡厅，传承着一个又一个的爱心故事，这些爱心故事，就像卡布奇诺咖啡，有一种淡淡的苦涩，更有一种回味无穷的甜，在人们心底，荡起层层涟漪……

·最懂故事的人

苔丝太太准备将坐落在康纳尔山庄的别墅出售后，就到养老院去。她有几个老姐妹在养老院多次捎话给她，要她到养老院和她们做个伴儿，相互也好有个照应。

苔丝太太住的这幢别墅已有二百多年了。听母亲说，这幢别墅是她曾祖父留下来的，一直传到她手里。曾祖父当年去世时，曾留下遗言，凡接管这幢别墅的人，必须有一个要求，那就是要保护好别墅院子里那座无名墓。

有人听说苔丝太太准备出售这幢别墅，他们来看了别墅后，对别墅很满意，可是，当他们看到这院子里还有一座坟墓时，都吓了一大跳。他们说，买下这幢别墅后，他们首先要将院子里那坟墓铲掉，他们要在那里建个游泳池。

苔丝太太一口拒绝了那些客户的要求，她说，谁要买下这幢别墅，必须要保护好这院子里的坟墓，这一条，要写进买卖合同里，如果做不到这条，出再高的价，也不会出售给他们。

离别墅不远处，有一条大街名叫爱丁堡大街。每次苔丝太太出门上超市买东西，都会看到大街上一名无家可归的流浪汉西蒙。

西蒙在这条大街靠卖艺生活已有二十多年了。每次苔丝太太看到西蒙在超市门口弹奏吉他,总是静静地站在那听一会儿。临走时，苔丝太太都要在铁盒里放下几张钞票。西蒙总是感激地点头,然后又激情四射地弹奏一曲。

一天,苔丝太太从超市出来,不小心滑了一跤。这一幕,正好被西蒙看见了,他赶紧跑了过去,将苔丝太太搀扶起来。他担心苔丝太太行走不安全,就收起摊,搀扶着苔丝太太回家。

他将苔丝太太安顿好,发现院子里的花草长得比较零乱,就拿起一把剪刀修剪起来。剪着剪着，他忽然发现院子里有一座坟墓,坟墓上长了许多稀稀拉拉的野草,他便弯下腰,拔掉坟墓上的野草,又往坟墓上培了一些新土。

苔丝太太透过窗户,将这一幕情景全看在了眼里,她的心里一颤,眼睛不知不觉湿润了。

她走到屋外,对西蒙说,您想听听这坟墓的来历吗?

西蒙搀扶着苔丝太太在一把椅子上坐下，蹲在一边，说道，您说吧,我想听!

苔丝太太望着眼前的坟墓,缓缓说道,二百多年前,我曾祖父建了这幢别墅。曾祖父是一名音乐家，他谱写出许多音乐作品。每天傍晚的时候,他就喜欢站在那扇窗前拉小提琴。

苔丝太太用手指了指别墅的一扇窗户,停了停,又继续说道,那时,这里四周围还是一片山坡和农田,没有现在这样的繁华。不知什么时候,曾祖父在拉小提琴的时候,一个放牛娃就会站在他的窗前聆听。曾祖父看见了放牛娃,边拉着小提琴,边向他微笑。放牛娃向曾祖父露出清纯的笑容,他笑得很好看,有两排洁白的牙齿。

虽然他们从没有说过话,但仿佛有一种默契,每当曾祖父在窗前拉小提琴,那个放牛娃就会站在窗前聆听。

一天,一伙强盗冲进别墅,将曾祖父绑了起来。刚好,那个放牛娃看见了,他拍了拍牛头,用手指了指那伙强盗,那牛突然像疯了一样,向那几个强盗冲了过去。顿时,那几个强盗被撞得人仰马翻,屁滚尿流。

苔丝太太说到这里,开心地笑了,西蒙也忍俊不禁笑出声来。苔丝太太又接着说道,一个强盗气急败坏地冲到放牛娃跟前,挥刀将放牛娃砍死了。随后,那几个强盗连滚带爬地逃走了。

曾祖父抱起放牛娃,放声痛哭。如果不是这个机智勇敢的放牛娃,他就要被那几个强盗给抓走了。曾祖父将放牛娃连同他那把心爱的小提琴,一同安葬在这院子里。

就这样,这坟墓一代又一代被我们家人保存了下来,这里埋葬的是一个动人的故事,他温暖了我们家一代又一代人。

西蒙听到这里,虔诚地跪在坟墓前,脸上呈现出沉重的表情。苔丝太太见此情景,心里微微一颤……

从此,西蒙每天到爱丁堡大街卖艺,都会绕道到苔丝太太家来,帮助苔丝太太做些家务活,还到院子里修剪花草,又将那坟墓上新长出的杂草拔掉,打理的非常精细。这一切,苔丝太太看得非常清楚。

一天,西蒙清理完花园里的花草,正要离开,苔丝太太喊住了他。她将手里的一串钥匙放到西蒙手里，深情地说道，我就要进养老院了，这幢别墅就送给你了，只有你，才是最适合住这幢别墅的人，因为你是最懂得那坟墓故事的人。

有了你，我才有家

夜已经很深了，天上的星星眨着疲惫的眼睛，好像也乏困了。圣安东尼奥大街却依然灯火辉煌，流光溢彩。从酒吧、夜总会里不时传出震耳欲聋的音乐声；大街上，不时走过一些喝得东倒西歪的年轻人。这里是有钱人的天堂，他们在这里寻找到刺激和快乐。

在一处垃圾桶前，一个七八岁小男孩还在翻捡着里面的食物，小男孩蓬头垢面，衣衫褴褛，全身脏兮兮的。他翻到一个能吃的东西，立刻塞进嘴里，边吃边又开始翻捡着。看来小男孩儿一定是饿坏。

这个在垃圾桶里翻捡食物的小男孩儿名叫雷克多，雷克多是巴西萨尔瓦多城市圣安东尼奥大街一名无家可归的流浪儿。他原先生活在萨尔瓦多城一座贫民窟里，在他5岁的时候，父母不幸因病去世了，后来，他被债主赶出了家，从此流落街头，风餐露宿，受尽世态炎凉。

眨眼间，雷克多已8岁了，不知不觉，他在街头流浪已有两年多了。一天，一个有钱人牵着一条大狼狗，那狗看到正在垃圾桶里翻捡食物的雷克多，突然对他发起了攻击。雷克多吓得连滚带爬，哇哇大哭。

那大狼狗追了上来，张开獠牙，就要咬雷克多。千钧一发之际，从旁边闪出一个中年男子，那人一把将雷克多拽到了自己身后，然后举起手中的一根棍子，大声呵斥着，把那狗给吓跑了。

等那狗跑远了，雷克多还惊恐地紧紧抓住那男子的衣服，好像一松手，那大狼狗又冲过来噬咬他。男人看那狗跑远了，安慰道："孩子，别怕，有大叔在，那狗不敢咬你了。"

雷克多这才慢慢地松开那人的衣服，惊恐万状的脸才慢慢平缓下来，他向那男人深深地鞠了一躬。男人和蔼地问道："孩子，你怎么这么小就一个人出来流浪，你家住在哪儿？"

男人亲切的一句问话，让雷克多不禁百感交集，他用脏兮兮的小手擦拭着眼睛，哽咽地说道："我没有家，安东尼奥大街就是我的家。"

男人的眼睛也湿润了，他拉起雷克多的手说道："孩子，跟大叔回家吧，大叔的家住在前面不远的贫民窟里，房子虽然破烂些，但好歹也是一个家啊。"

雷克多紧紧地抓住男人的手，眼睛里闪烁着晶莹的泪花，用力点了点头。

那男人拉着雷克多的手，边走边兴奋地说道："你以后就叫我卡马大叔吧，家里就我一个人，我靠给人家搬运货物为生，虽然收入很少，但我感到很快乐。"

雷克多亲切地喊了一声："卡马大叔！"

卡马大叔亲切地答应着，将雷克多的小手握得更紧了，雷克多心里溢满了一种久违的甜蜜和幸福。

卡马大叔拉着雷克多的手，绕过几条街，就到了他居住的贫民窟。雷克多看到，卡马大叔的“家”，其实是一个很小的铁皮屋子，已锈迹斑斑。走进屋子，里面黑糊糊的。卡马大叔摸索着，推开铁皮屋子上的一扇窗，雷克多这才看清里面，只见这屋子里面只有简陋的家具，屋角还有一面鼓。

卡马大叔拿起那面鼓，一边用手在上面欢快地拍打起来，一边扭动着身躯，用自己喜悦的方式，欢迎雷克多的到来，他的脸上绽放出童稚般的笑容。那音乐，粗犷、豪放，在雷克多心里荡起一种激情和火热……

从此，雷克多就生活在这里了。雷克多的到来，一下子使这贫寒的屋子里多了一种温馨，他与卡马大叔相依为命，俩人结下了深厚的情谊。

一天，卡马大叔对雷克多说：“孩子，你还小，不能总在大街上流浪，我送你去上学好吗？”

雷克多听了，一下扑进卡马大叔的怀里，激动地说道：“卡马大叔，谢谢您，进学校上学，是我心中最大的梦想。”

就这样，卡马大叔送雷克多来到贫民窟一所天主教会办的小学上学。从此，雷克多背起书包，走进了教室。雷克多很有学习天赋，他在学校里学习成绩很好，很受老师们的喜爱。

雷克多凭借着自己的聪敏和刻苦，长大后，考进了萨尔瓦多城天主教大学。毕业后，他考进了萨尔瓦多城市政厅，成了一名政府官员。

无论工作多么繁忙，雷克多每天都要回到那座贫民窟的家里，和卡马大叔一起吃饭，夜里，就睡在那个铁皮屋子里。卡马大叔常说："孩子，你现在是有身份的人了，不要到我这里来了，别人知道了，你会被人瞧不起的。"

雷克多哽咽地说道："亲爱的卡马大叔，我不会在乎别人是怎么说的，对于我来说，拥有这样一个家，就是我最大的幸福。我曾经是一个无家可归的流浪儿，如果不是您收留了我，我现在恐怕还在圣安东尼奥大街流浪，也许我早就成了一名毒贩、小偷。是您，让我有了一个家，这个家，永远是我最温暖的港湾，您就是我最亲的亲人。"

卡马大叔哽咽地说道："孩子，你有一颗善良的心，我为有你这样一个孩子，感到十分高兴。"

卡马大叔又敲打起那面破旧的鼓，他扭动着身躯，脸上露出幸福的笑容。鼓声悠悠，倾诉着他对美好生活的向往和感恩。

踏着音乐的节奏，雷克多也情不自禁地跳起了欢快的舞蹈。他仿佛看到童年的自己，看到了自己在这铁皮屋里一天天地长大……不知不觉，雷克多的眼睛里噙满了泪水，他跳得更欢快了……

童心无敌

杰克最后从警方了解到，杀害他儿子的凶手竟是他的邻居乔治。那一刻，杰克心如刀绞，痛不欲生。他握紧拳头，对着天空大声呼喊道："上帝啊，怎么会是这样？我一定要为儿子偿还血债。"

乔治本来是一个上进有为的青年，他有一份体面的工作，可是，后来他染上了赌博的恶习，还染上了毒瘾。时间长了，他不仅失去了工作，还欠了一身的债。他的家从此不得安宁，常常传来吵闹声。最后，妻子丢下一个才十一岁的小男孩儿卡尔，离家出走了。

妻子的出走，更加深了乔治的愤怒，他常常拿小卡尔出气，小卡尔被打得号哭不已。杰克听到小卡尔凄惨的哭声，开始还好心相劝，叫乔治不要打孩子。可乔治瞪着血红的眼睛，叫他别管闲事。

没想到，乔治最后债台高筑，竟铤而走险，趁杰克不在家，偷偷地潜入他家偷东西。在他翻箱倒柜时，惊醒了正在床上熟睡的小杰克，乔治惊慌地用手捂住了小杰克，最后，小杰克因窒息而死。

这起惨案侦破后，杰克暗暗地发誓，血债要用血来还，他也要让乔治在监狱里痛不欲生。

他准备一有机会，就干掉小卡尔，为儿子复仇。

这天天还没亮，杰克刚出门，就看到一团小黑影，在他的小汽车周围不知道在干什么。他走过去，惊讶地发现是小卡尔在帮他擦洗小汽车。

小卡尔看到是杰克站在他身边，他惊慌地抬起头，怯怯地站着，小脸蛋上挂满了泪痕和污垢。杰克正要发作，一看，他已将他的小汽车擦洗得干干净净。他心里不禁一愣，他狠狠地瞪了他一眼，然后打开车门，将车门用力一关，绝尘而去。

他透过后视镜，看见小卡尔站在原地，像个木桩似的……

儿子死了，杰克再也没有心思打理自己家的花园了，杂草长了许多。

这天下班回家，杰克忽然发现自家花园里有个人影在晃动，他过去一看，竟是小卡尔在帮自己修剪花草。

他正要发怒，惊讶地看到小卡尔已将自己花园里花草修剪得整整齐齐，小卡尔看到是杰克回来了，他惊慌地抬起头，怯怯地站在那里，眼睛里噙着一汪泪水，小脸蛋上还有几道划痕和几片碎叶。

杰克心里一颤，他再也无力发怒，默默地转身离开了……

不过，在杰克心里，那团怒火仍然没有熄灭，他一直在想着报复的方法。

因急火攻心，这天，杰克刚出门，眼前一阵发黑，突然晕倒在地。这一幕，刚好被蹲在自家门口的小卡尔看见了。他急忙跑了过来，趴在他的头前，大声呼唤着：“杰克先生！杰克先生！”

可是杰克依然一动不动。小卡尔急忙掏出杰克口袋里的手机，拨打了急救电话。一会儿，救护车鸣着警笛，迅速开了过来。

医生说，杰克因心脏病发作，由于抢救及时，终于转危为安。

当杰克睁开眼睛，看到小卡尔正俯在他的床前，眼睛一眨不眨地盯着他看。小卡尔看到杰克睁开眼睛，兴奋地喊道：“杰克先生！您终于醒了！医生说，您要多休息，不要动。我来喂点水给您喝！”

小卡尔用汤匙，一口一口地喂杰克喝水，他怕水烫了，还用小嘴吹吹，然后再喂杰克喝。

杰克喝着喝着，眼睛里忽然滚动起泪花，他哽咽地说道：“谢谢你，小卡尔，是你救了我。”

小卡尔用手轻轻摇了摇，“嘘——”了一声，说道：“杰克先生，快别说话，您要多休息。”

杰克听话地闭上了眼睛，两行热泪滚了下来……

杰克和小卡尔出席了卡尔的开庭受审。卡尔看见自己的儿子与杰克紧紧地依偎在旁听席上，俩人就像一对情投意合的父子，羞愧地低下了头。

法庭上，卡尔对自己犯下的罪行供认不讳，表示认罪伏法。

杰克在答辩中，表示愿意放弃民事赔偿。他深情地说道，是小卡尔让自己放下了仇恨。童心无敌。小卡尔用自己一颗金子般的童心，让自己认识到，只有放下仇恨，才能更好地向前走。我的儿子没有了,但小卡尔又成了我的义子,我要好好培养小卡尔,让他长大,成为一个对社会有用的人。

小卡尔紧紧地搂着杰克,激动的泪水从眼睛里夺眶而出……

·伤心的童话

为了躲避国内战火,12岁的叙利亚少女曼索尔和妈妈、哥哥一起随着逃难的人群,踏上了逃亡欧洲的艰辛历程。

山道弯弯,风沙漫天。经过长途跋涉,他们终于来到一处海边。海浪,拍打着海岸,发出巨大的声响,仿佛要把礁石碾成粉齑。曼索尔和家人一起胆战心惊地登上了一条小船,准备前往德国避难。

小船在大海里漂荡着,就像一片树叶。曼索尔紧紧抓住船舷,眼里满是惊恐和无助的神色。恍惚间,她想起曾经在教室里上课的情景,教室里那琅琅读书声,是那么令人幸福和快乐。可是,现在面对着的是一片苍茫的大海,她感到一片渺茫和空洞。

小船不知在大海上航行了多长时间,突然,天空布满了乌云,海面上刮起了阵阵大风,他们遭遇到了风浪。一个凶狠的浪头扑来,顷刻间,小船就被打翻了。小船上的人,全部掉进了波涛汹涌的大海里。曼索尔惊慌失措地在海上徒劳地扑腾着,情况十分危急。

忽然,一块小木板推到她面前,她听到一个声音:“快,抓住木板。”

曼索尔下意识地一把抓住了木板,她惊恐地发现小木板另一头是一个年轻的姑娘,姑娘一边紧紧抓住小木板,一边鼓励曼索尔,叫她抓紧木板,不要慌,一定要坚持住。

在那位姑娘的帮助和鼓励下,曼索尔渐渐平静下来。她伏在木板上,只见海面上,好像还有几个人头在时隐时现。曼索尔忽然哭泣地喊道:“妈妈……哥哥……”可是,回答她的,只有一阵紧似一阵的波涛声。

姑娘安慰道:“小妹妹,别喊啦!我的妈妈和妹妹也不见了,现在关键是要保存好自己的体力,这样我们才会有机会得救。”

曼索尔听话地“嗯”了一声。她忽然感到,此时此刻,从这位素不相识的叙利亚姑娘身上,传递出一种强大的力量和勇气,这种力量和勇气,让她变得勇敢和坚强。

时间一分一秒地过去了,她感到每一分每一秒过得都是那样漫长和艰难,她感到浑身发抖,手变得麻木、僵硬了。姑娘一边不停地鼓励、安慰她,一边说道:“我给你讲个故事吧!”

曼索尔听到姑娘要给她讲故事,一下子来了精神,她兴奋地说:“谢谢大姐姐,我最喜欢听故事了,以前在家的时候,妈妈就经常给我讲故事。”

姑娘抹了一把脸上的海水,说道:“那我就给你讲我们阿拉伯民间童话故事《一千零一夜》里的一个故事。从前,有个渔夫,终年拖着渔网到河里打鱼,一天,他像平时那样拖着渔网向河边走去……”

随着女孩子抑扬顿挫的语言，把曼索尔带到了扣人心弦的故事里去，曼索尔忽然感到身上又有了一点力量，她将木板抓得更牢了。

忽然，她们发现一艘快艇向她们快速驶来，姑娘兴奋地对曼索尔喊道："我们有救了！我们有救了！"

曼索尔和姑娘终于被营救人员救上快艇，她们一上来，就紧紧拥抱在一起，泣不成声……

曼索尔和姑娘等十几个获救的难民最后被安排在德国柏林火车站附近的一片树林中。这时，曼索尔才知道，在大海上救她的那个姑娘名叫奥斯曼，原来是阿勒颇一所小学的老师。为了躲避战火，奥斯曼和她的家人一起踏上了逃难之路。没想到，却踏上了"死亡之旅"，她们都失去了自己的亲人。

相同的遭遇，特别是海上那惊心动魄的生死经历，让曼索尔感到奥斯曼就是自己最亲的亲人了，在难民营里，曼索尔觉得奥斯曼就像是自己的妈妈，对自己细心照顾，关怀备至。

在奥斯曼的关心和爱护下，曼索尔变得比以往更加懂事、成熟了，她好像一下子长大了许多。她知道，只有坚强地活下去，才有希望，才有一个美好的明天。曼索尔爱上了文学，她用稚嫩的笔，写了一个又一个童话故事，那些童话故事里，总是充满了伤感的气氛。

奥斯曼读了那些童话故事，常常热泪盈眶。她问曼索尔："你的童话故事里，为什么总是充满了伤感？"

曼索尔眼睛里噙满了泪水，她说："我这是新的《一千零一夜》，将来我要让后人知道，我们这一代人，经历过怎样的一种不堪回首的人间悲剧。和平、安宁的生活，才是我们人类追求和向往的最大幸福。”

曼索尔眺望着祖国的方向，她的眼前仿佛又出现了战火弥漫的家园，耳旁又响起震耳欲聋的枪炮声……

梦想的襁褓

一支探险队在德国东部山区探险时，发现一处杂草丛生荒芜的山谷里，竟隐藏着一间房舍。这间房舍被树木、杂草完全覆盖着，保存依然完好，它好像沉沉地睡着了。如果不是这支探险队在这里偶然发现，这间房舍也许还不会被人知道。

从这间房舍的建筑和材料来看，这幢房屋已经有很多年了。很难想象，在这处杂草丛生且非常荒芜的山谷里，这里曾经还有人住过。

探险队队员进到屋里后，眼前的一幕，不禁令人惊讶万分，原来这里竟是一间教室：只见一张张课桌还整齐排列着；课桌的抽屉里，还有一只只皮革书包，桌上的书本蒙着厚厚的尘土；黑板上，依稀还可看见写有数学公式；角落里，还有扫帚、垃圾桶……

看得出，这里当时一定发生了什么，那些正在上课的孩子来不及收拾自己的书包、课本，就急匆匆离开了，之后，他们就再也没有回来过。以至于后来这个地方就被人遗忘了，渐渐地，这里被树木和杂草完全覆盖，再也没有人到过这里。

探险队员们小心翼翼拿起桌上的课本，抖落上面的尘土，发现这些课本是一百多年前印刷的小学五年级的课本，在课本的许多空白处，留有字迹工整的记录。

打开作业本，里面有许多人物和情景的描写，还有一篇篇人生的梦想。这些孩子的梦想，千奇百怪：有的梦想是将来当一名火车司机，有的梦想是将来当一名电车司机。一百多年前，那时的火车和电车刚刚发明，孩子们对那些新生事物，一定充满了新奇和向往，那个梦想，当时一定非常伟大。

还有一些孩子的梦想是想将来当一名牧师、有的是想将来当一名教师。探险队员还看到，有一个孩子的梦想是将来当一名好妈妈，让自己的孩子从小就受到良好的教育，不像自己的妈妈那样，简单、粗暴地对待自己……

看着这一个个天真、稚嫩的梦想，许多队员忍不住哭了。当时这些孩子，从教室里跑出去，他们怀里一定还揣着那一个个梦想。也许从这里跑出去那一刻，那个梦想的襁褓，就彻底破碎了。他们被惊慌和无助抛弃，从此，他们天各一方，再也没能聚首。

探险队员走出房舍，山谷里，吹来一阵阵风。风中，似乎还回响起孩子们琅琅的读书声，那读书声，仿佛穿过时光隧道，还是那么清晰、那么嘹亮，在深邃的山谷里久久回荡着……

后来，这支探险队的队员在德国国家档案馆里，查到了这样一则资料：据德国《民镜报》1864年10月6日报道：1863年2月，德国东部马格德堡地区与法国发生了激烈的战争，这场战争，长达一年多，导致30多万人逃离家园，流离失所。

·杰克太太的救赎

一天，埃弗森应酬回家，看到在自己别墅门口，管家正在大声呵斥一位白发苍苍的老妇人。只见那老妇人佝偻着单薄的身子，脸上写满疲惫，当看到埃弗森出现时，她混浊的眼睛立马放光，惊喜地一连串喊道："埃弗森先生！埃弗森先生！是您吗？我是杰克太太，您还记得我吗？我终于找到您了！"

埃弗森看着那妇人，愣了好一会儿，才惊讶地问道："杰克太太？你找我有什么事吗？"

杰克太太顿时满眼泪水，哽咽道："埃弗森先生！为了找您，我找得好苦啊！20年啦，我终于完成杰克的遗愿了！欠您的100万智利比索，我今天终于可以还上了。"

杰克太太一边说一边慌忙从怀里紧紧抱着的那个看不出颜色的破旧包里拿出厚厚一沓钞票，对埃弗森说道："这是杰克借您的100万智利比索，请原谅我只能付您1万智利比索的利息，一共101万智利比索，您点点。"

杰克太太的话，仿佛像一声惊雷击中了埃弗森，他一下子站立不稳，脸色全变了。他努力平静了一下自己的心情，嗫嚅道：“我想起来了，我和杰克是有那100万智利比索欠款的事儿，当时因为悲伤和难过，我将那100万智利比索欠款的事儿给忘了。”

埃弗森的思绪一下子飘到20年前，当时埃弗森和邻居杰克不仅是好朋友，而且是好邻居，他们都租住在智利首都圣地亚哥西部郊外的贫民窟里。

一天，两人又坐在一起望着对面富人居住区憧憬着何时能够赚大钱，早日搬离这个贫民窟。埃弗森对杰克说：“我要是有一笔钱，就去做水产生意，听别人说目前做这个很赚钱。可惜，我没本钱。”说完自嘲地摇了摇头。

听完这句话，杰克沉思了一会儿向埃弗森低声耳语道：“我有一笔多年积攒的私房钱，连我太太都不知道，我把这笔钱先借给你，等你做生意赚了钱后再还给我，我就给太太说是我们共同做水产生意赚的，从此让她过上幸福的生活。”

由于杰克非常信任埃弗森，就没让他打借条。他说：“我们这么多年的朋友，我一直当你是我兄弟，我还不相信你吗？”

没想到，三天后，一伙毒贩在贫民窟里发生了内讧，并进行了激烈的枪战，正路过这里的杰克被一颗流弹击中，当场殒命。

杰克突然死亡，让埃弗森悲痛万分。但他忽然想起，自己刚借了杰克100万智利比索，而这100万智利比索自己又没有打借条，当时杰克说过这笔钱他还没有告诉过他太太，这样的话，自己是不是可以悄无声息地吞下这一大笔钱？

埃弗森一边帮助杰克太太料理杰克的后事，一边假惺惺地安慰杰克太太。悲痛不已的杰克太太一边抽泣，一边对着杰克的遗体喃喃自语："亲爱的杰克，你对我说过的那笔钱的事儿，我记得的，我知道该怎么做的，你放心地去吧。"

一旁的埃弗森听了，惊出了一身冷汗。见杰克太太并没有向自己讨要那笔借款，等杰克一下葬，埃弗森立即搬离了他居住的贫民窟，并用那100万智利比索做起了水产生意。

没想到，埃弗森的水产生意居然做得顺风顺水，没两年，就赚了个盆满钵满，他终于搬到贫民窟对面的富人区了，还买了很大的别墅，请了管家保姆。一年一年过去了，埃弗森早就将当初借杰克100万智利比索的事儿，忘到九霄云外，他每天过着灯红酒绿，豪华奢侈的生活。

杰克太太愧疚地对埃弗森说："真是抱歉，由于杰克突然离去，我当时的生活很困难，一时无法偿还你的欠款，所以这一拖就是20年。"

"杰克说他借了我100万智利比索？"埃弗森惊讶地问道。

"杰克去世的前两天，曾神秘地对我说，他借了你100万智利比索，准备做水产生意，等赚了钱，就可以带我搬到富人区，从此过上富裕的生活……没想到，几天后杰克就这么去了。当时我也不知道他借您的100万智利比索投到什么地方了。为了还清杰克借您的100万智利比索，我到建筑工地做苦工、给人家当搬运工、进山给人家当伐木工……今天，我终于攒够了还您的钱啦，并且终于找到您啦，虽然已经过去了20年，但希望您不要怪我还得太晚。"杰克太太说完，眼里流露出如释重负的神色。

看着杰克太太一副卸下重担的轻松表情，听着杰克太太的一番话，埃弗森的心里如翻江倒海般，羞愧不已的他猛地双膝跪在了杰克太太面前，大喊着：“杰克，请原谅我，原谅我的自私和贪婪吧！”

凄美的“复仇”

亚摩斯大学毕业后，他并没有急着找工作，而是开启了寻找艾米丽的行动。他觉得是时候了，他要报仇，报13年前的杀父之仇。

他没有告诉任何人，一切行动都是在悄悄进行。他来到小时候曾经生活过的伯明翰的一个小城。小城里已没有人能认出他就是当年那个小亚摩斯。他向人们打听13年前这里发生的血案。提起13年前的那起血案，人们记忆犹新，那起血案，刺痛了小城里每一个人的心。但没有一个人知道艾米丽一家搬到哪里去了。

一个头发花白的老奶奶回忆说，她似乎听说当时艾米丽一家搬到她母亲娘家曼彻斯特一个叫艾伯特的地方。

亚摩斯听了大为惊喜。他又辗转来到曼彻斯特，终于找到了那个叫艾伯特的小城。一天一天过去了，不知问了多少人，功夫不负有心人，他终于打听到艾米丽母亲的娘家。可是，得到的消息，却让他无比沮丧。半年前，因一场大火，艾米丽的母亲为救艾米丽，奋不顾身冲进火场，不幸殒命。艾米丽虽然得救了，但情况并不乐观，她被严重烧伤，更严重的是，她的双眼有可能失明，现在还躺在医院里治疗。

得知这一消息，亚摩斯一下跑到外面，对着苍茫的天空，大声喊道："爸爸，您知道吗？杀害您的仇人一家全完了，这是上苍对她们一家的惩罚啊！"

那一刻，亚摩斯简直可以说是心花怒放，他觉得这是他这么多年最高兴的一件事。兴奋中，他忽然闪过一个念头，他想到医院看看艾米丽的惨相，那一定是自己更高兴的事。

想到这里，他开始往医院走去。一路上，他在想象着艾米丽各种惨相，越想心里越兴奋。在路上，他还差一点撞到一辆出租车上，他惊出了一身冷汗。

来到医院，医生指着病床上的一个人说："那人就是艾米丽。"

亚摩斯小心翼翼地往病床走去。近了、近了，亚摩斯仿佛听到了自己的心跳，他感到呼吸很急迫。仿佛走过漫长的13年，终于走到了艾米丽的床前。尽管是带着仇恨来的，但眼前一幕，还是着实让亚摩斯吃了一惊，只见艾米丽身上缠了许多纱布，双眼蒙着厚厚的纱布。再仔细看下去，艾米丽样子虽然惨不忍睹，但依然遮不住她曾经的美丽，似乎还留着童年的影子。

恍惚间，耳旁又响起童年的声音："你像个漂亮的小公主！""你就是小王子！""我的小王子，你真好！"那时，天很蓝，花很美，空气中，散发着淡淡的郁金香的馨香……

忽然，听到艾米丽的声音："请麻烦把床头柜上那个白雪公主玩具拿给我。"

亚摩斯一惊，循声望去，只见床头柜上有个白雪公主玩具。只一眼，他就再也忘不掉，那是13年前，自己送给艾米丽的白雪公主玩具，没想到，这只玩具，艾米丽还一直保存着。他心里似乎被什么东西重重击打了一下，身体摇晃了一下。他拿起那只白雪公主玩具，只那一瞬间，他似乎又握住了童年的时光，那是一个洒满金色阳光的童年，散发着淡淡的郁金香的馨香。

思绪仿佛又回到了13年前。那时，亚摩斯才8岁，正是天真烂漫、无忧无虑的年纪。当时，他家住在伯明翰一个小镇上，小镇风景如画，人们生活幸福、平静。

当时，亚摩斯家的隔壁有一个邻居，名叫奥斯顿。两家关系很好，双方家长经常往来，充满了温暖、和谐的一幕。奥斯顿有一个女儿，名叫艾米丽，艾米丽比奥斯顿小3岁，俩人是一对好伙伴，他俩常在花园里玩耍、嬉戏。亚摩斯摘下一朵小花戴在艾米丽的头发上，说她就像个漂亮的小公主。艾米丽俏皮地说道："那你就是小王子了！"亚摩斯把胸脯一挺说道："当然啦！以后谁也不敢欺侮你了，我还要保护你！"艾米丽上前轻轻拥抱着亚摩斯，还在他额头上轻轻地吻了一下，说道："我的小王子，你真好！"

两家大人看见了，笑道："这两个孩子，可真是天生的一对啊。"

那时，天很蓝，花很美，空气中，散发着淡淡的郁金香的馨香……

没想到，艾米丽的爸爸奥斯顿染上了赌博的恶习，输了很多钱，本来甜蜜、和睦的一家，从此常常发生激烈的争吵。每当家里父母发生争吵时，受到惊吓的艾米丽就会跑来找亚摩斯，轻轻哭泣。亚摩斯总是安慰着："别怕，有我在呢！"他拿出白雪公主玩具给艾米丽玩，艾米丽很快忘记了痛苦，与亚摩斯在一起开心地玩起来。

一次，奥斯顿向亚摩斯爸爸借了500英镑，说三个月就归还。为了表示诚信，他还向亚摩斯爸爸打了一张借条。

后来，一年过去了，奥斯顿一直没有还，也从不提起那件事。亚摩斯的爸爸就经常向奥斯顿提醒那500英镑借款的事，可奥斯顿总是寻找各种借口，一拖再拖，拒不归还。

对于大人间发生的事，两个孩子毫不知情，还常常一个公主，一个王子的叫着。依然无忧无虑地生活着。

一次，亚摩斯的爸爸说带亚摩斯到奥斯顿家去玩，亚摩斯高兴地拿起艾米丽喜欢玩的白雪公主玩具。两个小朋友见了面，在一旁乐滋滋地玩耍起来。

忽然，亚摩斯听到爸爸和奥斯顿发生了争吵，只听到爸爸说："如果你再不归还，我就到法院起诉你！"

没想到，这句话突然激怒了奥斯顿，他拿起桌上的一把水果刀，用力向爸爸刺去。爸爸痛苦地用手捂住胸口，吃力地对亚摩斯说："孩子，快跑！"

亚摩斯对于突然发生的一幕，完全惊呆了。杀红了眼的奥斯顿，又举起刀向亚摩斯刺去。亚摩斯的爸爸奋力抱住奥斯顿的腿，又喊了声："孩子，快跑！"奥斯顿只刺中了亚摩斯的胳膊。这一刀，刺醒了亚摩斯，他顾不得胳膊的疼痛，赶紧向门外跑去。

奥斯顿握着刀，就要继续追赶亚摩斯，亚摩斯的爸爸紧紧抱住奥斯顿的腿不松手。奥斯顿疯狂地举起刀，向爸爸身上胡乱地捅去。亚摩斯的爸爸终于倒在了血泊中。

屋内，传出艾米丽凄惨的哭声，那哭声，在小镇上空传出很远、很远……

悲剧，给两家造成了深深的伤害，也让小镇上的人深感震惊。后来，奥斯顿被法院判为终身监禁。

曾经好邻居，从此形同陌路，两个小朋友见了面，再也没有说过话。有好几次艾米丽看见亚摩斯，手里拿着白雪公主玩具，眼泪汪汪地望着他，好像想要说什么，但看到亚摩斯握着拳头，恶狠狠地望着她，吓得她赶紧低下头。等亚摩斯走远了，艾米丽蹲下身，放声哭泣起来。

一天，亚摩斯放学回来，突然发现艾米丽和她妈妈搬走了。亚摩斯赶紧向妈妈打听，艾米丽她们搬到哪里去了。妈妈说："我也不知道呢，搬走好，我们也准备搬走，离开这里，让我们尽快地忘掉这个伤心的地方。"

亚摩斯默默地走到屋外，他对着苍茫的夜空，举起拳头，低声吼道："艾米丽，你就是躲到天涯海角，我也一定要找到你，我一定要复仇，血债要用血来还！"

谁都不知道，在亚摩斯的幼小心灵里，埋藏着一颗仇恨的种子，这颗仇恨的种子，没有随着时间的消失而消失，相反，在他心里，却一天一天地膨胀、发酵。

后来，亚摩斯与母亲搬到爱丁堡去了。家虽然搬走了，但那颗仇恨的种子，也随着亚摩斯一起搬走了。

"您拿到了吗？"艾米丽又轻轻地问了一句，将亚摩斯的思绪又拉回到现实。

亚摩斯又一惊，他赶紧将手上的白雪公主玩具放在艾米丽的手上。艾米丽抓住了玩具，手无意间碰到亚摩斯的手。艾米丽仿佛被什么东西击打了一下，惊讶地问："您是谁？"

亚摩斯眼睛一下湿润了，他轻轻地说道："我就是那个送你白雪公主玩具的人。"

艾米丽惊喜地用手抚摸着亚摩斯的手，好一会儿，终于幸福地说道："是亚摩斯！是那个小王子！我知道你总有一天会出现在我的身旁，我一直等你来复仇！"

亚摩斯将艾米丽的手轻轻地放在自己的脸颊上，喃喃地说道："不，我是来想让我们再当一回公主与王子！"

艾米丽感到自己的手上有一种温暖的湿润滴在上面，心里有一种甜蜜蜜的感觉。她仿佛看到，天很蓝，花很美，空气中，散发着淡淡的郁金香的馨香……

爱心的“秘密”

法国里昂大学灯火辉煌的演播厅里，一名主持人正在声情并茂地主持一档文艺节目。主持人机智、幽默的主持风格，赢得台下师生一阵又一阵热烈的掌声。台下许多观众还高声喊着：“玛丽，我们爱你！”

听到观众热烈的呼喊声，台下一名男同学，不禁热泪盈眶。他望着台上的主持人，从心里一遍一遍地呼唤着：“玛丽，你真了不起，你不愧为里昂大学最美的女生，我永远爱你！”

这个眼含热泪的男生名叫卡尔，他是一名大三学生。刚入大学不久，在一次观看学校举办的活动中，他被台上那个美丽、温情，而又不乏机智、幽默的主持人深深打动了。冥冥之中，他感到有一种看不见的红丝线在牵引着他，他有一种迫切想认识她的渴望，而这种渴望，是那么强烈。

玛丽是一名大四学生，因长相甜美，音质清晰，酷爱主持节目，经过激烈竞争，被校电视台聘为节目主持人。自担任节目主持人以来，玛丽凭借自己清秀的外表，机敏、活泼的主持风格，一下打动了全校师生，她成了学校师生最喜欢的电视节目主持人之一。

功夫不负有心人，经过一系列“巧合”和“机缘”，卡尔终于与玛丽相识。经过接触，卡尔对玛丽有了更多的了解。玛丽不仅美丽、温情，而且心地善良，看到别人有困难，玛丽总是想方设法地去帮助他们、鼓励他们。在她心里好像埋藏着一颗爱心的种子，这颗种子，在不断生长、发芽。

一次，俩人在街市漫步时，玛丽看到路边一位无家可归的老人，在一个商场的屋檐下冻得瑟瑟发抖。她立刻毫不犹豫地解下自己脖子上的围巾给老人系上。接着，她又为老人买来一杯热气腾腾的咖啡让他喝下。这一幕，深深打动了卡尔，他也情不自禁地加入到玛丽的爱心行动中去。他觉得只有这样，才能跟玛丽走得近……

卡尔发现了玛丽的一个小“秘密”：玛丽常常背着他从包里拿出一个小瓶子，吃下几粒药片。他想，玛丽吃的那些是什么呢？她为什么要回避我？这些疑惑，在卡尔心里升起巨大的疑团。

一次，玛丽仿佛下了很大决心，轻轻地对卡尔说道：“在我上高二时，被医生查出得了尿毒症。医生说，要治好这种病，除了透析，最好的办法是肾移植。后来，一位好心人将她自己的一颗肾脏捐给了我，才使得我的生命得以重生。只是我每天都要定时吃药，这就是你有时看到我从包里拿出一个瓶子吃药片的缘故。上大学后，我没有对任何人说过我是一名肾移植患者，我凭着自己的努力和刻苦当了主持人，我希望能在这条路上越走越远。”

卡尔静静地听着，内心里掀起巨大的波澜，他想，多么了不起的一个姑娘，她克服了身体上的痛苦，展现给大家一个快乐、健康的形象，真的令人感动和钦佩。卡尔忽然想起了什么，问道："你还记得当时捐肾给你的那个人吗？"

玛丽想了想，摇了摇头，说："不记得了，当时只记得我躺在重症病房里，看到那个人戴着口罩，把脸贴在门上的玻璃窗上，用力向我挥了挥手。玛丽疑惑地问道："你问这干吗？"

卡尔激动地拉起她的手，说道："星期天我带你到我家去玩好吗？我母亲想见见你。"

看着卡尔急切的样子，玛丽不禁莞尔一笑，脸上露出一抹羞涩的红晕。

星期天，卡尔带着玛丽来到自己的家。一进门，卡尔就高声喊道："妈，您看看我带谁来了。"

从屋里走出一个中年女人，那女人和玛丽眼睛相视的一刹那，俩人都愣住了，从对方脸上，俩人似乎都想在记忆里寻找着什么。

卡尔看到俩人这样互相看着，笑道："你们俩这是怎么啦？"

卡尔妈妈缓过神来，说道："卡尔，这就是你常向我说起过的那个颜值担当的主持人玛丽小姐？嗯，今天见了，果然是颜值担当。"说完，卡尔妈妈拉起玛丽的手，说道："孩子，我一见你，就有一种一见如故的感觉，你就像是我自己的孩子。"

玛丽紧紧地拥抱着卡尔妈妈。她感到，卡尔的妈妈，就像自己的亲妈妈一样，在她身上，有一种自己熟悉的味道。

一天，玛丽在卡尔家吃过晚饭，她来到书房，从书柜里随手拿起一本书翻看着。忽然，从书里飘落一张纸。玛丽捡起那张纸，正要夹回书里，不经意地，纸上一行字像闪电般一下击中了她，只见那纸上写着：爱心捐献肾脏同意书。

再一看内容，玛丽不禁惊讶万分，原来卡尔的母亲在6年前，在她肾移植的同一家医院，同一时间，捐出了一颗肾脏。这颗肾脏，她捐给了一个素不相识的身患尿毒症的女孩。

至此，玛丽全明白了，为什么自己与卡尔母亲第一次相见，彼此就有一种浓浓的化不开的母女情感，原来，是卡尔的母亲，当年将她自己的一颗肾脏，捐给了素不相识的一个女孩子，那个女孩子就是她自己。

玛丽将那张纸又轻轻夹进书里，她擦去脸上的泪痕。她想永远保守这个秘密，她要将卡尔母亲这份爱心一点一点播撒开来，让更多的人感受到爱的无私和宽广。

不同的故事

安德鲁大学毕业后，来到巴西西部山区当了一名美术老师。这一当，就是整整20年。他教的那些山区小孩，送走了一批又一批，有的以后也像他一样成了一名美术老师。每当看到有孩子毕业走出小山村，安德鲁脸上总是荡漾出明媚的笑容。

一次，安德鲁创作了一幅美术作品《山村小学的阳光》。他将这幅作品送到巴西利亚美术节上参展，令他意想不到的是，这幅作品竟然获得了金奖。

一天，一辆小车驶进了安德鲁的学校，从车上下来几个衣冠楚楚的人。走在中间的那个人看见安德鲁，愣了好一会儿，惊呼道："老同学，怎么会是你呀？在这里见到你，真让我太惊讶了！"

安德鲁这才想起，这人是他的大学同学乔治，大学里，俩人还是一个宿舍的室友，大学毕业后，他们就再也没有见过面。

安德鲁热情地拥抱着乔治，惊讶地问："你是怎么找到这里来的？"

乔治说："我是在巴西利亚美术馆看到那幅获得金奖的作品

《山村小学的阳光》后，专程找到这里来的。”

安德鲁问：“有什么事吗？”

乔治兴奋地说：“我现在是一名收藏家，看了你那幅《山村小学的阳光》作品后，我准备高价收购，老同学，你开个价吧。”

安德鲁这才明白，乔治是专程来收购那件美术作品的。安德鲁无奈地耸耸肩，说道：“很遗憾，我已将那幅作品送给我们学校小男生卡卡了。这是一个很有绘画天赋的学生，也许有一天，他也会成为一名优秀的画家。”

“什么？你将那幅画送给你们学校一个小男生了，我的上帝啊，那幅画至少要值100万美元啊！”乔治用手捂住胸口，一脸痛苦状。

安德鲁看了乔治吃惊的神色，笑道：“噢，能值那么多钱？”

乔治一把搂住安德鲁的肩膀，哀求道：“老同学，我给你120万美元，你去把那幅画要回来，你看怎么样？”

安德鲁掰开乔治的手，一口拒绝道：“这怎么行，我送给了学生，怎么再能要回来？再说了，如果那幅画真的值那么多钱，放在卡卡那里不正合适吗？也许他将来能创作出比那幅画更优秀的作品来！”

乔治望着安德鲁，皱着眉，不解地说道：“老同学，你傻啊？120万美元啊，有了这笔钱，你马上可以改变命运，我帮你联系下，你马上到美术馆里专门从事创作，到时，你可就财源滚滚发大财了！”

安德鲁也不解地说道：“我的命运现在不是很好吗？为什么要改变呢？正是我在这小山村里当老师，才创作了那幅《山村小学的阳光》,如果我离开了这里,坐在美术馆里,能创作出那样的作品吗?”

乔治有些气恼地埋怨道:“我们大学同学就你一个人混得这么惨,20年啦,你还在小山沟里,如果不是看了那幅画,我在这里意外碰到你,恐怕我这一辈子也不会到这里来。改变命运的机会就在你眼前,你却看不见,这不是傻子还是什么?”

安德鲁眺望着远处的山峦,远处,层峦叠嶂,迢迢渺渺。只听见他喃喃地说道:“那是你的故事不是我的。我在这里,享受到人生别样的快乐和幸福,正是在这里,我的绘画才注满了新鲜的血液和活力。”

乔治再也听不下去了,他阴沉着脸,拂袖而去。

一天,乔治在《巴西利亚邮报》上,看到这样一则报道:20年前,亿万富翁之子安德鲁,谢绝了父亲让他到自己公司任副总裁的邀请,孑然一身来到巴西利亚边远山村当了一名小学美术老师。20年过去了,他依然在那儿当个美术老师,他创作了一幅幅美术作品送给了那些山区的孩子。他送给孩子们的,不仅仅是普通的一幅画,而是一颗颗希望的种子。他在那边远的山村里,找到了自己的人生定位和坐标,他活在自己的故事里。

不知不觉,乔治的眼里噙满了泪花,他哽咽道:“我终于懂了安德鲁说过的一句话,‘那是你的故事不是我的’。是的,我们每个人的故事是不同的,正是有了各种不同的故事,这才构成了我们这个芸芸众生的万千世界。”

第二辑

最美的效益

科尔终于明白了，员工们都在以恩瑞为榜样，他们都在给希斯卡尔老先生更多的关爱。科尔忽然感到，自己苦苦追寻的企业效益，其实，爱心就是一种最美的效益，这种效益，甚至能产生出一种巨大的能量。

科尔决定，将爱心作为一种企业文化，使这种文化播洒到每一个员工身上，这种文化，必将为企业的发展，增添无穷的发展动力和活力。

· 亮出一片天空

汉斯大叔是墨尔本弗林德斯大街的一名流浪汉，这条街上，许多人都认识汉斯大叔，他每天坐在店铺前，神情专注地拉着手风琴，琴声悠扬，琴声像清澈的泉水，在弗林德斯大街上空回荡，沁人心脾……

汉斯大叔原是一名小学音乐老师，后来失业了，几经周折，他成了一名流浪汉，他选择了在弗林德斯大街靠卖艺生活。虽然他头顶上的那片天空很渺小，但是，汉斯大叔对生活一直充满感恩和爱，从没有对生活抱怨过什么，脸上始终溢满着温暖的笑容，眼神里没有一丝仓皇和慌乱。

他十分注意自己的形象，每天打着领带，穿着西服，戴着礼帽，穿得干干净净的。他坐在店铺门口，拉着手风琴，沉浸在美妙的旋律中，似乎很陶醉。行人如织，听到美妙的琴声，有人停下匆匆的脚步，静静聆听汉斯大叔弹奏的美妙音乐；有人弯下腰，在汉斯大叔摆放的瓷缸里，放进几枚纸钞或硬币……面对形形色色的人群，汉斯大叔总是不卑不亢，眸子里闪烁着淡定和沉稳的光芒。

不知不觉,汉斯大叔在弗林德斯大街卖艺已有10多年了,金黄色的头发里,已夹着不少白发,但是,他脸上的那缕淡定和沉稳的笑容,一直不曾改变。

不经意间,汉斯大叔发现弗林德斯大街多了两个十一二岁的小男孩儿。两个小男孩儿整天在弗林德斯大街东游西逛,他们衣服脏兮兮的,弄得灰头土脸。

一天,两个小男孩儿被一家面包店的老板从店堂里赶了出来,老板嘴里骂骂咧咧的,恨不得逮到两个小男孩狠狠地揍一顿。汉斯大叔听明白了,原来是两个小男孩儿偷了他店铺里的面包,被他发现,从店里赶了出来。

汉斯大叔心里猛地揪紧了。他想,两个小男孩儿这么小,怎么就开始到处流浪?他们这样下去将来可怎么办?他们一定是饿坏了,否则是不会去偷面包的,流浪的艰辛和痛苦,对他们幼小的心灵,必定是一种沉重的打击和摧残。汉斯大叔想到这里,就再也坐不住了,他收起摊,匆匆寻找那两个小男孩儿去了。

终于,在一处垃圾箱处,汉斯大叔找到了那两个小男孩儿,两个小男孩儿正在翻找垃圾箱里的食物。看着两个小男孩儿饥不择食的窘境,汉斯大叔心里感到一阵阵痛。

他拉住两个小男孩儿的手说道:“孩子,跟我来!”两个孩子不知所措地跟着他来到一家快餐店。汉斯大叔请兄弟俩美美地吃了一顿,两个孩子高兴极啦!他们大快朵颐,玉液生津。

汉斯大叔看着两个小男孩儿狼吞虎咽地吃着,目光中满是爱怜。汉斯大叔一边看着他俩吃饭,一边和他俩聊着。从聊天中，汉斯大叔得知情况后，不禁大吃一惊，原来，两个小男孩儿是兄弟俩，他俩住在墨尔本郊区的贫民窟，他俩生活在一个单亲家庭里，几个月前，和他们相依为命的母亲因病不幸去世了。母亲去世后，兄弟俩身边没有了亲人，他们开始流落街头，过着饥一顿、饱一顿的漂泊生活，受尽了人间的冷嘲热讽，小小的年纪，他们的眼神里就充满了对这个社会的仇恨和愤怒。

汉斯大叔听了兄弟俩的故事，心里感到沉甸甸的，他想，孩子们还很小，现在正是长身体、长知识，需要得到父母的呵护、关爱的时候，如果就这样让他们整天在大街上游荡，一定会毁了他们一生的，甚至将来对这个社会也会造成一定的危害。

想到这儿，汉斯大叔再也坐不住了，等到兄弟俩吃饱、喝足了，他拉起兄弟俩的手说："孩子们，跟我回家去吧！从此后，有我吃的，就有你们兄弟俩吃的，你们再也不用这样风餐露宿，四处漂泊了。"

兄弟俩感激地依偎着汉斯大叔，亲切地喊了声："汉斯大叔！"话音刚落，眼泪就扑簌簌地掉了下来……

汉斯大叔拉着两个孩子的手往家里走去，两个孩子感到汉斯大叔的掌心很宽大、很温暖。汉斯大叔住在弗林德斯大街不远处一个贫民窟里，兄弟俩看到，汉斯大叔家的房屋低矮、潮湿，走进屋内，却见里面的用具摆放的井井有条，特别是屋子一角的书架上，摆满了书籍，一张书桌，上面还有一盆花卉，墙上挂着小提琴、萨克斯管等乐器，屋子里，充满了温馨和甜蜜。

汉斯大叔安排兄弟俩洗了澡，换上了自己干净的衣裳，虽然衣裳大了些，但兄弟俩顿时精神了许多。汉斯大叔说，以后你们兄弟俩就睡在我这张床上，书架上的书，你们兄弟俩随便看，不懂的地方就问我，但千万不要弄坏了，这张写字台，就是你们兄弟俩学习的地方，以后白天，你们兄弟俩就不要到大街上流浪去了，你们暂时就在这住下，我帮你们联系下附近的学校，尽快将你们兄弟俩送到学校里读书，那里才是你们该去的地方。

哥哥问道："汉斯大叔，那您睡在哪儿？"

汉斯大叔笑着说："我就随便铺张木板睡在地上就行了。"

兄弟俩就这样在这儿住下了，看着兄弟俩香甜地睡着了，汉斯大叔有一种如释重负的感觉。

兄弟俩住在这里，高兴极啦，汉斯大叔书架上的书，他俩可爱看了，兄弟俩没想到，书里的世界，是那么旖旎、那么妖娆，他俩深深地沉浸在美好的阅读中。汉斯大叔每天回到家，还教兄弟俩拉琴、吹号，兄弟俩每天都过得十分幸福、快乐。

屋子里一下子增加了两张嘴，汉斯大叔感到压力一下增大了，但是，他一点儿也没有表露出来，脸上始终溢满了温暖的笑容。为了增加收入，他更加卖力地在弗林德斯大街卖艺了，他的琴声，更加悠扬、更加缠绵，在弗林德斯大街上空回荡，不绝如缕。

几个月后，汉斯终于联系到一所社区办的小学，他将兄弟俩送进了学校。汉斯用手抚摸着两个孩子的手说："孩子们，用心学习吧，这里才是你们成长和进步的地方，你们上学和生活的费用不用愁，一切由我负责。"

兄弟俩紧紧搂着汉斯大叔的腿，禁不住泪流满面，久久不愿松手……

弗林德斯大街上空的琴声依然那么缠绵、清澈，汉斯大叔头顶上的那片天空依然很狭小，但他亮出的那一片天空，却是那么清澈、明亮，仿佛照亮了整个天空。

最美的效益

50号公路被称为“全美最孤独的公路”，全长5000公里，横穿荒凉的内华达大沙漠，这里人烟稀少，地势险要。许多司机因忍受不了这条公路的寂静，宁愿绕远，也不愿再跑这条路。

恩瑞是一名卡车司机，他长年奔波在这条荒凉的公路上，这一跑，就是整整20年。老板科尔先生多次想要调整恩瑞的开车路线，让他跑短途，好照顾家庭，可每次都被恩瑞婉言拒绝了。科尔先生内心充满了疑惑，为什么恩瑞跑50号公路乐此不疲呢？

一天，恩瑞的卡车又装满了货，恩瑞满心欢喜地开车上路了。科尔坐进小车里，远远地跟在后面，他想看看，为什么恩瑞这么喜欢跑这条路，这条路有什么特别的地方这么吸引他？

车渐渐驶进茫茫戈壁滩，放眼望去，一片沙漠，繁华的都市已渐渐远去。科尔一直跟在恩瑞的卡车后面，他发现，恩瑞的车开得很稳，不急不躁。沿途，他还几次停下车来，仔细检查车上的货物。一路上，他除了在几处生活服务区休息外，就是在加油站加油。

车开到大约3000公里处，恩瑞又将车开进了一处加油站。科尔跟在后面，心想，他不是才加了不长时间，怎么又要加油了？

科尔看到，恩瑞的车刚开进加油站，从里面就迎出来一位老人。老人大概60多岁的样子，他穿着加油站的工作服，脸上溢满了笑容。老人张开双臂，紧紧地拥抱着恩瑞，好像不停地在说着什么。恩瑞从包里拿出围巾，给老人系上，老人给恩瑞递上一杯水，那一幕，充满了温馨和甜蜜。

科尔心想，这老人是恩瑞什么人？我怎么从没有听恩瑞讲过？

科尔将小车徐徐开进了加油站，从车里走了出来。恩瑞惊讶地发现，原来是老板从车里下来了。恩瑞疑惑地问道，科尔先生，您怎么来了？

科尔狡黠地一笑道，我正好从这里经过，碰巧在这遇到了你。说罢，科尔指了指那位老人，说道，这位老先生你们认识？

恩瑞嗫嚅着正要回答，老人抢先一步回答道，我叫希斯卡尔，恩瑞是我的干儿子，我们相识有近20年了，20年啦，是恩瑞先生鼓励我继续生活下去的勇气，可以说，没有恩瑞先生，我早就不在人世了。

恩瑞脸红了，忙示意老人不要说，老人却执意要说下去。

老人将科尔带到加油站休息室，他们坐下后，老人缓缓说道，20年前，我就在这加油站工作，我儿子也曾经是一名卡车司机。因一次意外交通事故，我儿子希尔在50号公路上失去了生命。儿子突然去世，对我的打击很大，我整天精神恍惚，神情沮丧。因忍受不了失去儿子的痛苦，一天，我在加油站正要自杀，恩瑞正好开车进加油站。他看到后，立刻上前将我救了下来。当恩瑞得知我要自杀的原因后，深感震惊。他在这里陪伴了我三天三夜，耐心开导我，使我悲伤的心情渐渐平复下来。更让我惊喜的是，恩瑞要当我干儿子，他开口叫了我第一声“爸爸”。从此，每当他开车经过这里时，都要下车来看望我，这一看，就是整整20年了。50号公路，就是恩瑞最大的牵挂。你看，天冷了，恩瑞又给我送了一条围巾，恩瑞，可真是我的好儿子啊！

听到这里，科尔才终于明白，原来恩瑞喜欢跑50号公路，是因为有他的牵挂，这个牵挂整整伴随了他20年，正是有了这份牵挂，才使得加油站的希斯卡尔先生有了继续生活下去的勇气。这份爱心，润物细无声，但却是一种力量和强大。他为自己有这么好的员工而骄傲，同时，又为自己对属下关心、了解不够而惭愧……

科尔回到公司，将恩瑞跑50号公路发生的故事，对员工们说了。员工们都知道了50号公路加油站的故事，这个故事在员工们的心里，荡起了绵绵不绝的回味和思考……

不知是什么原因，渐渐地，越来越多的员工愿意跑50号公路了。科尔欣喜不已，这样一来，企业运输成本大幅减少，效益明显提高。可他不明白，为什么有这么多的员工现在愿意跑50号公路了？

一天，科尔先生收到一封信，信中说，您还记得我吗？我叫希斯卡尔，现在，我不仅有恩瑞一个儿子，我还有越来越多的儿子了，他们都是您公司的员工，我现在每一天，都沉浸在幸福和快乐之中，从他们身上，我看到了一种爱心的传递……

科尔终于明白了，员工们都在以恩瑞为榜样，他们都在给希斯卡尔老先生更多的关爱。科尔忽然感到，自己苦苦追寻的企业效益，其实，爱心就是一种最美的效益，这种效益，甚至能产生出一种巨大的能量。

科尔决定，将爱心作为一种企业文化，使这种文化播洒到每一个员工身上，这种文化，必将为企业的发展，增添无穷的发展动力和活力。

高贵的“伪证”

拜罗伊特小学校长多丽丝接到一张法院的传票，要她到法庭作证：20年前，她是否收留过一个女人的私生女，那个私生女名叫安迪。现涉及一起案件，须请她作证。传票上特意写明，您的证词很重要，直接关系到这起案件的性质。

看到传票上安迪的名字，一下子勾起多丽丝对往事的回忆。20年前，多丽丝在拜罗伊特小学担任一年级的德文老师。一天，一个年轻的女人带着一个五六岁大的女孩儿找到多丽丝。女人让小姑娘站到一边，然后抽泣着对多丽丝说，这孩子的父亲是谁我至今不知道，现在，我染上了毒瘾，我要去戒毒所戒毒，女儿儿到了上学年龄，请多丽丝小姐暂时收下这可怜的孩子，让孩子在这里上学，等她戒了毒，就来接她女儿。

多丽丝看着眼前女人，只见女人俊俏的脸上有些倦容和疲惫，特别是她那左边眉毛上那颗黑痣，很妩媚。多丽丝又看了看不远处的小姑娘，只见小姑娘有一头金色的头发，大大的眼睛，弯弯的眉毛，正不时向这边张望着。不知怎地，就那一眼，多丽丝一下子喜欢上了这个小姑娘。

多丽丝郑重地点了点头。那女人一下子紧紧拥抱着多丽丝，感激的泪水流淌下来……

从此，多丽丝就将这个叫安迪的小姑娘带在了身边，安迪不仅懂事，而且学习很好，在学校里，就像一只快乐的“百灵鸟”。有时，她两眼泪汪汪的望着窗外，好像有什么心事。多丽丝走到安迪跟前，轻轻地问道，想妈妈啦？

安迪擦去脸上的泪痕，抬起头，甜甜地说道，不想，老师就是我的妈妈！

多丽丝俯下身子，轻轻亲吻了一下安迪的脸颊，说道，真是个可爱的孩子！多丽丝发现，安迪的左边眉毛上也长了一颗黑痣，像她妈妈一样漂亮。

几年过去了，安迪考取了德国不莱梅市一所重点中学，以后，她俩渐渐失去了联系。令多丽丝困惑的是，安迪的妈妈从来没有来学校找过她，她很想将安迪成长的喜讯告诉她。

一晃，20年过去了，如今，多丽丝已担任拜罗伊特小学校长。当她接到法院的传票时，感到很困惑，她不知道法庭要叫她作什么证？

多丽丝如期来到法庭，在法庭上，她意外看到一个中年妇人，妇人苍白的脸上，有一种茫然和无助。当妇人看到多丽丝那一刻，脸上顿时显出一丝惊慌和不安。多丽丝看到那妇人左边眉毛上有颗黑痣，心里不禁一惊。她感慨20年后，再次见到安迪的母亲，遗憾的是，今天是在庄严的法庭上。

法官西蒙告诉多丽丝，有人指控你20年前曾收养了这个毒贩的私生女，那个女孩儿名叫安迪。现在，这个名叫安迪的女人，被评为不莱梅市形象大使。现在请您作证，这个安迪是不是这个毒贩的私生女，如果是，安迪将被取消不莱梅市形象大使称号；如果不是，她将担任不莱梅市形象大使称号，听明白了吗？现在传被告人安迪到庭。

被告人安迪被带到了法庭。这是一个20多岁的年轻女人，她俊俏的脸上洋溢着青春的气息和活力，她左边眉毛上那颗黑痣，很妩媚。那一刻，多丽丝激动地真想冲上前去，紧紧地拥抱她，并喊道，安迪，我又见到你了，我的孩子。

但是，多丽丝很快控制了自己的感情，她努力保持了内心的平静。她看到，安迪看到她那一刻，眼睛里闪烁着幸福的光芒。

多丽丝将右手放在胸前，掷地有声地回答道，我以上帝的名义回答法庭，眼前这两个女人我都不认识，回答完毕！

被告席上那两个女人紧绷的脸上，顿时闪烁着激动的神色，眼里噙满了泪水。

法官西蒙看了多丽丝好一会儿，用力敲响法槌，严肃地说道，证人证言有效，法官宣布休庭。

庭审结束了，法官西蒙走到窗前，眺望着遥远的天际，喃喃自语道，法庭是神圣的地方，无论是证人、被告人，还是原告，都不能欺骗法庭。但是，有一种证言，上帝都会原谅的，那里面蕴藏着一颗高贵的灵魂，它被上帝称为高贵的“伪证”。

· 生态是生命

德国西南部巴登州哈德海姆小镇，是一个风景秀丽的临海小镇。小镇环境优美，处处鸟语花香，林木葱郁，这里被誉为是一座生态文明小镇，每年吸引了许多游客前来观光、旅游、度假。

小镇镇长沃克尔·罗姆是一个50多岁的人，身为小镇镇长的沃克尔·罗姆对工作十分敬业，自他担任小镇镇长5年来，小镇的生态环境变得更加优美，景色更加宜人。每当到了冬季，许多珍稀鸟类从远处迁徙而来到这里过冬，这里是鸟儿的天堂。小镇上的人十分爱护这些鸟儿，他们把这些鸟看成是自己生命的一部分，从来没有伤害过它们，他们说，这些鸟儿是上帝赐给他们的礼物，才有了小镇的明媚和锦绣。

镇长沃克尔·罗姆是一个为人十分和蔼可亲的人，无论大人还是孩子，人们都亲切地称他为“罗姆大叔”。罗姆大叔家房屋的后面，有一片茂密的竹林，竹林里，鸟鸣啾啾，绿叶婆娑。海浪、竹林、鸟啼，这一切，显得是那么令人神往和陶醉。

罗姆大叔有一个5岁的小孙子，聪明伶俐，很讨人喜欢。每天下班回家，罗姆大叔喜欢含饴弄孙，看到小孙子喜笑颜开的天真和活泼，一扫身心的疲惫。

一天，罗姆大叔带小孙子到屋后那片竹林里玩。忽然，小孙子看到林中有一只小鸟在地上跳来跳去，就央求爷爷去逮住那只小鸟。罗姆大叔看到，这是只雏鸟，好像还不太会飞。

竹林上方有一只大鸟正着急地飞来飞去，看到罗姆大叔他们，它立刻发出尖锐的叫声，好像是发出严厉的警告，叫他们不要靠近小鸟。罗姆大叔心想，那只大鸟一定是地上那只小鸟的妈妈，小鸟大概是从鸟巢里不慎掉落到地上了，它的妈妈正着急地想营救掉到地上的孩子。

听到孙子想要地上的那只小鸟，罗姆大叔迟疑了一下，他四处紧张地观望了一下，只见四周一片寂静，没有一个人影。于是，他屏住呼吸，蹲下身子，蹑手蹑脚走了过去，像做贼似的。树上的那只大鸟看到罗姆大叔的举动，仿佛知道危险就要降临，它勇敢地俯冲下来，在罗姆大叔的头上狠狠地啄了一下。

罗姆大叔吓了一跳，他捂着生疼的脑袋，回头望了一下小孙子。小孙子急切地嚷着叫爷爷快逮住地上的小鸟。罗姆大叔终于下了决心，他一个箭步冲了过去，一下抓到那只小鸟，地上掉了几支羽毛，像晶莹的雪花。看到爷爷逮到了那只小鸟，小孙子高兴地欢呼起来。

树上的鸟妈妈又俯冲了下来，它对着罗姆大叔的头上又狠狠地啄了一下，还在他头上屙了一泡屎。

罗姆大叔捂着沾了一头鸟屎的脑袋，带着小孙子惊慌失措地往家里跑去。

天空中传来阵阵鸟的哀鸣,像婴儿的哭泣声……

回到家里,罗姆大叔找来一根细绳子系在小鸟的腿上,让小孙子牵着绳子玩。小孙子高兴极啦,他牵着绳子的一头,看小鸟在另一头扑腾,他咯咯地笑着。一会儿,他牵着绳子来到院子里,小鸟挣扎着奋力地想往上飞,可它的腿被一根绳子系着,它只能徒劳地飞着、跌落着。忽然,在小家伙的头上盘旋着几只大鸟,那些大鸟不停地向下俯冲,并发出尖锐的叫声,那叫声,好像杜鹃啼血。小家伙吓得丢下手上的绳子,一边哭着喊爷爷,一边连滚带爬地往家里跑去。

听到小孙子的哭喊声,罗姆大叔从家里跑了出来。他惊讶地看到,那只小鸟被几只大鸟救起来往竹林上飞去。不料,那小鸟爪子上的绳子被竹枝缠住,小鸟倒挂在枝条上,再也飞不走了。那些大鸟无论尽了多大努力,也救不起小鸟。不一会儿,那只倒挂在枝条上的小鸟再也不动了。

仿佛一夜之间,竹林里再也听不到鸟的叫声,那些鸟儿全部不知道飞到哪里去了。小镇上的人们感到十分奇怪,怎么竹林里来过冬的鸟儿忽然全不见了?

终于有人发现了悬挂在罗姆大叔后院竹枝上的那只小鸟。那只小鸟静静地悬挂在那里,像在无声地呐喊和泣诉。那人将悬挂的小鸟拍照下来,将照片发在了哈德海姆小镇的社交网站上。立刻,这张照片引起了小镇网民的轩然大波,这张照片像刀子一样,深深地刺痛了人们的心。人们终于明白,小镇上的鸟儿一夜之间全飞走了,是有人戕害了一只小鸟,引起鸟儿的愤怒,它们才一下全飞走了,它们感到这里充满了危险和恐怖,这里已不再是它们的天堂了。

人们纷纷指责戕害小鸟的行径，要求追查当事人的法律责任，这种破坏小镇生态平衡的行径，将会给小镇带来意想不到的灾难和损失。

小镇警察总署专门立案调查，很快，他们就查清了那只小鸟惨死的原因。人们深感震惊，原来竟是镇长罗姆大叔残忍地剥夺了那只小鸟的生命，这是多么无耻和丑恶。罗姆大叔的形象，在人们心目中一落千丈，人们纷纷谴责罗姆大叔自私自利的可耻行径，因他这一行径，破坏了小镇的生态。在小镇人们心中，生态是生命，任何人都不能私自杀戮生命，哪怕是一只小鸟。

罗姆大叔深感内疚，很快辞去了小镇镇长职务，并接受检查部门的调查，等待他的，将是法律的严惩。

走在仇恨的左岸

比尔5岁时，随母亲从非洲移民到了美国休斯敦。母子俩靠社会救济，才勉强度日。在学校，比尔常常受到白人同学的歧视和欺侮，心里对这个社会不仅没有好感，反而充满了仇恨。

2014年9月，已是一名高中生的比尔，在放学路上，他再次受到几个白人少年的欺侮。那几个白人少年将他打趴在地，还让他学狗叫。满腔的怒火终于爆发了，比尔猛地站起身，掏出随身携带的匕首，刺死了打他的史蒂文，其他几个少年吓得落荒而逃。

血案发生后，比尔很快被警察抓住，关进了监狱。

史蒂文的父母是休斯敦的银行家，他们一直希望史蒂文将来也能像他们一样，成为一名银行家。看到史蒂文从小聪颖、活泼，他们感到十分高兴。可是，令他们万万没有想到的是，他们的宝贝儿子竟被人刺死了，他们感到天都塌了下来。

很快，他们就知道事情发生的原因，原来是自己的儿子与其他几个同学欺侮比尔，比尔在反抗中，将史蒂文刺死。痛心疾首中，他们忽然感到，儿子史蒂文之死，本身也有自己一定的责任，如果他能与比尔友好相处，也就不会发生这样的事了；同时，儿子的死，作为父母也有一定的责任。平时，他们只关注儿子的学习，如果对他多一点友爱教育，也就不会发生这样的悲剧了。他们陷入了深深的痛苦和自责中。

他们忽然感到，对于凶手比尔的家庭来说，也一定痛苦不堪。比尔对他们家庭来说，曾经也是一种希望和未来，现在比尔被抓进了大牢，等待他们的不仅是儿子被判重刑，而且还要面临着巨额的民事赔偿，这对一个家庭来说，将是残酷和毁灭的。

又是一个不眠之夜。丈夫起床后，对妻子说，我们今天去比尔家看看吧！妻子默默地点了点头。

夫妻俩买了点水果，辗转了好长时间，才在一处贫民窟里找到了比尔的家。这里环境十分恶劣，那用废旧铁皮和砖块搭建的简陋房屋破破烂烂；地上污水遍地，污秽不堪。他们没有想到，这里还有这么穷的地方。

推开比尔家吱吱响的铁门，里面光线很差，昏暗、潮湿，没有一丝生机。听到门被推开的响声，从黑暗处传来一个苍凉的声音，谁呀？

他们循声望去，原来是一个妇人躺在床上，妇人脸上布满了泪痕，一脸忧伤。当听到他们是受害者史蒂文的父母时，妇人惊慌地坐起身。史蒂文的母亲急忙走到妇人的床边，按住妇人说，快躺下，我们只是来看看，没有别的意思。

妇人抽泣起来，不停地说着对不起的话，还一个劲儿地说着要想方设法赔偿他们。夫妻俩看了看家徒四壁的屋子，轻轻地叹了一口气，妻子安慰道，快别说这些了，其实，您和我们一样，也是一位受害者啊！

妇人惊讶地望着夫妻俩，突然失声大哭起来，那哭声，倾注了一个做母亲的心碎和失望……

夫妻俩泪水涟涟地告别时，叮嘱道，您要坚强起来，生活还要继续下去，比尔在监狱里，今后还需要您去看望。

不久，史蒂文父母给比尔的母亲在超市找了一份工作，解决了她的生活困难。

法院开庭后，史蒂文的父母在陈述中说道，史蒂文之死，本身也有一定的过错，他们要求法庭从轻判决比尔，并当场宣布放弃民事赔偿。

面对人们惊讶的神情，他们深情地说道，从某种意义上讲，我们只有放弃仇恨，走在仇恨的左岸，对这个社会多一点关爱，才能走出生活的不幸，才能更加健康地活着。

史蒂文父母的大度和宽容，在美国引起巨大反响。《休斯敦纪事报》在报道中指出，仇恨，只能加深我们对这个社会的冷漠和歧视。走在仇恨的左岸，我们才能对这个社会多些包容和理解。这个社会的进步和发展，是靠不同肤色的人共同推进的，我们只有让每一个人都有活着的希望，这个社会才能进步和发展。

天空的笑脸

新西兰摄影师兰帕德有一件十分痛苦的事:他8岁的女儿斯特凡因一次夜间受到惊吓，从此患上了间歇性自闭症。原本是一个活泼可爱的小姑娘,几乎完全变了一个人似的,胆小、孤独,不愿与人说话。

听珍妮老师讲,斯特凡在学校里总是一个人独来独往,不愿与人交流,她很着急。

兰帕德带女儿跑了许多家医院，希望能治好女儿的病。令她感到十分失望的是，几乎所有的医生都无奈地摇了摇头。兰帕德感到很失望,他看着女儿空洞、无神的眼睛,欲哭无泪。

一天,兰帕德突然听到女儿斯特凡在书房里的惊叹声:“哇,真是太美了,我看到天空的笑脸了。”

听到女儿的声音,兰帕德赶紧跑进书房,他看到斯特凡拿着一张照片,正一脸喜悦的看着,嘴里还发出啧啧的赞赏声。

兰帕德简直不敢相信自己的眼睛,很长时间了,他没有见过女儿这种喜悦的表情了,那一刻,曾经快乐、活泼的女儿好像又回来了。兰帕德拿起女儿手上的照片，发现是自己拍摄夜晚天空的照片，在他看来，这张照片并没有什么特别精彩之处，他不明白女儿看了这张照片为什么这么欣喜。他抚摸着女儿柔软的头发，问道："亲爱的斯特凡，你为什么喜欢这张照片呢？"

斯特凡抬起头，眨了眨眼睛，稚气地回答道："我看到了天空的笑脸。"

兰帕德吃了一惊，女儿怎么看到了天空的笑脸？

斯特凡用手指着照片说："爸爸，您拍摄的这张照片上那弯弯的月亮，就像一张笑脸，那三颗星星，就像两只眼睛和一张嘴。"

听了女儿这么一解释，兰帕德再仔细看了看照片，真的发现了像女儿说的那样有"天空的笑脸"的意境，他不禁佩服女儿眼光独特，想象丰富。兰帕德对女儿说道："亲爱的斯特凡，你让我开启了另一扇摄影的大门，我看到幸福的笑脸在向我招手。"

兰帕德开始专门捕捉夜晚"天空的笑脸"的镜头。每当他拍摄时，女儿斯特凡也兴致勃勃地拿着一架相机，和他一起拍摄。父女俩拍摄了一张又一张，忘记了周遭的一切。漆黑的苍穹下，那皎洁的月光、点点繁星，还有翻滚的乌云，给天空增添了梦幻般的深邃。父女俩深深沉浸在捕捉"天空的笑脸"的意境中。

俩人拍摄的照片冲洗出来了，父女俩互相比对着，看谁拍摄的更像"天空的笑脸"：

这张照片上三颗弯弯的星星，像是人咧嘴窃笑。这是女儿斯特凡拍摄的；

这张照片上有五颗星，上面两颗像两只眼，下面三颗星扭曲着，像是人在开怀大笑。这是爸爸兰帕德拍摄的；

这张照片上的月亮扁扁的，月亮上两颗星星，像人在笑得合不拢嘴。这是女儿斯特凡拍摄的；

…………

父女俩拍摄了许多张“天空的笑脸”的照片，在拍摄中，父女俩感到无比快乐。那广袤的苍穹，变幻莫测，要想捕捉到理想的“天空的笑脸”，必须要善于发现，还要有耐心、毅力和技巧，这些方面，缺一不可。

让兰帕德犹感欣慰的是，女儿斯特凡在拍摄“天空的笑脸”中，变得开朗、乐观了，与她交流拍摄体会时，斯特凡说得有条有理。珍妮老师欣喜地告诉兰帕德，斯特凡又像以前一样开朗、乐观了，她现在还当上了班上的文艺委员呢；医生告诉兰帕德，斯特凡已痊愈了，她已成为一个完全健康的小姑娘了，这是个了不起的奇迹。

兰帕德对女儿深情地说道：“亲爱的斯特凡，是你发现了‘天空的笑脸’，让我们都有了一张‘天空的笑脸’。”

斯特凡笑了，笑得很美、很甜，就像“天空的笑脸”。

燃烧的“星空”

2004年3月，美国“哈勃”太空望远镜拍摄了一张太空夜晚的照片。这张照片从太空传回来后，研究人员惊讶地发现，这张太空摄影照片与19世纪荷兰印象派绘画大师凡·高的名作《星空》，有着惊人相似之处。

1889年，穷困潦倒的天才画家凡·高在法国南部的圣雷米精神病医院治疗期间，创作了一幅画，这幅画的名字叫《星空》：画中山村之夜狂怒不安的夜空中，有漩涡状星云，仿佛像正在炽热燃烧的火球。那巨大的，形如火焰的柏树，以及夜空中像飞过的龙卷风一样的星云，震撼人心。

凡·高这幅画作完成之后，却被当时人们嘲笑为一个精神病的臆想之作，一文不值。面对人们的嘲笑和讽刺，凡·高痛苦不堪，他拿出一把剪刀，剪去了自己的一只耳朵。在无尽的郁闷和穷困中，他孤寂地离开了人世。

凡·高去世后，人们惊讶地发现，就是这幅被世人讥讽为一文不值的《星空》，具有极高的艺术价值，被世人视为珍品。

美国研究人员对100多年前凡·高用充满智慧的想象,展示了宇宙星空中狂放不羁的形状,叹为观止。称他为天才画家,具有非凡的想象力和创造力。

英国有一道著名的菜肴,名叫《星空》。这道菜是用黄鱼头、鸡翅、蛋羹等原料制作而成。据说,这道菜,就是为了纪念凡·高的名画《星空》而得来的。到了英国,如果你没有品尝到这道菜,就不算真正到过英国。人们在品尝这道菜肴时,凡·高的《星空》,就会不经意地在人们脑海里浮现,心中升腾起火一样的浪漫和柔情;

美国著名骨牌达人詹姆斯·乔,历时一个多月,用7067块骨牌,重现了凡·高的名画《星空》,创造了吉尼斯新纪录;

意大利著名摄影师乔杜里,一直想知道凡·高在画《星空》时,看到的是一个怎样的星空。于是,他用了32年的时间,终于拍摄到一张照片。这张照片,非常真实地再现了一个"真实版"的星空。这张照片,奠定了他在世界摄影界的地位。

我们自己有

“阮先生，我们是哥本哈根审计署，现对贵公司的财务运行情况进行审计，请给予配合。”刚上班，三个身着审计署工作服的人就进了董事长阮善武先生的办公室。

阮善武接过对方递过来的审计函，看完后，立刻站起身，分别与三个人握了握手，然后招呼秘书：“马上安排一间办公室给他们审计用。”

三个审计署工作人员随即离开董事长的办公室，刚走出办公室，一个人回过头来叮嘱道：“我们在办公的时候，请不要随便打扰我们。”

阮善武连连点头。

阮善武在丹麦哥本哈根开办了一个电气进出口公司，经过几年的发展，电气进出口公司规模不断发展，现在已和20多个国家有了商贸往来，发展前景很好。

看着那几个审计署工作人员的背影，阮善武感到很疑惑，他们怎么不打招呼就来审计啊？阮善武脑海里立刻像筛子似的将这几年财务往来账目过了几遍，确定没有什么问题后，不禁长长地吐了一口气。随即，他将秘书喊了过来，交代道："马上通知办公室，送几杯咖啡和饮料过去，再送几个果盘，另外，中午安排一下，在酒店订个包间，好好招待下。"

阮善武一口气说了这么多，不禁长长地吐了一口气。阮善武在本国经商多年，深谙要搞好方方面面的关系很不容易，稍微哪方面没有考虑周全，就有可能使自己陷入困境。几年前，他离开本国，来到丹麦办了这家电气进出口公司，就是看重这里的良好的市场生态环境。他常常庆幸自己到了这里经商，他的经商才华得到了淋漓尽致的发挥和展现。

办公室主任阮金红小姐端着几杯热气腾腾的咖啡和饮料进了审计办公室。她看到那几个审计人员正埋头翻阅着厚厚的账单和凭证，就轻轻地招呼道："你们请用咖啡和饮料。"

一位审计人员皱起眉头，从包里拿出一瓶矿泉水说道："请将咖啡和饮料端走，我们自己有。"阮小姐微微一愣，只好讪讪地笑了笑，尴尬地退出办公室。

不一会儿，阮小姐又端着一个果盘进来了，她笑道："几位辛苦了，请休息会儿，尝几片水果。"

一位审计人员抬起头，严肃地说道："您这是在干什么？我们是在这里工作，请您不要打扰我们，您要再这样随便打扰我们，我们要向你们董事长反映。"

阮小姐满脸绯红，正要退出，一位审计人员突然说道："请您将果盘端走，真是莫名其妙，还送来果盘，你们可真够奢侈的。"

另一位审计人员对旁边一位同事说道："你查仔细点，看他们这家公司在业务接待上有没有不合理的开支，我们来到这里工作，他们又是送咖啡和饮料，又是送果盘，如此奢侈，让人不得不怀疑他们是不是想贿赂我们？”

阮小姐惊呆了，她端着果盘愣了好一会儿，然后弯下腰，深深地鞠了一躬。

阮小姐来到董事长办公室，将刚才发生的情况向董事长阮善武汇报。阮善武听了，惊讶地紧紧盯着阮金红小姐，连声问道：“你说的是真的吗？”

阮小姐眼睛里滚动着晶莹的泪花，连声说道：“是真的！是真的！是真的！”

阮善武往后一仰，重重地靠在沙发上，自言自语道：“真的太不可思议了。”

午餐时间到了，阮善武在办公室里不停地踱着步，一脸焦灼。他终于一跺脚，走出了办公室。

他来到那几个审计人员的办公室，推开门，眼前一幕，让他目瞪口呆：几个审计人员从随身带的包里拿出点心或者饭盒，正津津有味地吃着午餐，有的还在边吃边查阅着账目。

阮善武轻轻退出来，走到办公室对阮小姐说道：“马上将酒店的那间包厢退了。”阮金红小姐惴惴不安地说道：“那几位客人怎么办？”

阮善武神情严肃地说道：“他们自己有。哦，你马上给我订一份外卖送到我办公室来，我也在办公室吃。”

三天后，审计部门将审计报告送来了。审计报告最后说道，从审计情况来看，没有发现有不良账务，发票报销凭证真实、完整、可靠，无不合理的开支情况。本次审计真实、有效。对于我们在贵公司审计的当天，有人送来咖啡和饮料，甚至果盘等奢侈行为，必须严肃批评。这种不健康的商业行为，令我们感到愤慨。希望你们接受教训，今后不得再发生类似事情。另，我们在贵公司三天审计中，用了贵公司6张餐巾纸、12张卫生间里的卫生纸，喝了饮水机里两杯水，我们已将费用交到贵公司财务部门，请审查！

阮善武看到这里，顷刻间眼睛湿润了。他马上要求秘书通知董事会开会，要求增加在丹麦的投资，力争把他们的电气进出口公司办得更大、更强。

·爱永相随

莫里伯·苔丝住在德克萨斯州普莱诺市C大道372号。苔丝太太70多岁了，靠救济金生活。10年前，老伴莫里伯·西蒙在一起车祸中不幸去世，从此，苔丝一个人生活在这里。

西蒙在世时，看到社区敬老院里有许多孤寡老人，于是，他就和夫人苔丝一起，每天都到社区敬老院做义工，帮助那些需要帮助的孤寡老人，使那些老人生活得更加体面和有尊严。

西蒙去世后，苔丝依然在这里做义工，她说："我现在虽然一个人在这里做义工，但感到西蒙就在我身旁，他好像在天堂里一直在看着我，并对我说，'亲爱的，你做的对，人应该有份爱心，帮助需要帮助的人，也是人生的一种幸福和快乐。'"

克里特先生以前是一个电器商老板，生意做的很大，每天身边有很多人，子女们对他也都很孝顺。可是，自从他破产了，几乎一夜之间，身边的人全部离他而去，几个子女和他也翻了脸，把能抢的东西全抢走了。

克里特饱经世态炎凉，特别是当他老了，连给他倒杯水的人都没有了。克里特终于住进了社区敬老院，在这里，他认识了苔丝太太，才使他重新燃起了生命的火焰，脸上有了笑容。

苔丝太太每天给克里特先生讲笑话，讲她曾经每天清扫C大道300米长街道的见闻。她说，有一次，她饿的实在不行了，看到一个小姑娘，将吃剩下的半根火腿肠扔在地上。这时，一只流浪狗也发现了那根火腿肠，眼疾手快中，我抢先抢到了那半根火腿肠。我将那火腿肠放进嘴里吃着，感到格外香甜。那只流浪狗没抢到，气得冲着我汪汪直叫。看到那狗叫的很惨，我不忍心，将最后一口省下来给那流浪狗吃了。我和那狗互相凝视着，各自吃着嘴里的火腿肠，感到很幸福。

克里特听了这个故事，眼泪都笑了出来。他不停地咂动着嘴唇，好像自己也在吃着那根火腿肠。

苔丝还常常将自己做的沙拉带给克里特吃。苔丝的沙拉材料很简陋，用的是超市下角料：黄瓜、胡萝卜、西红柿、火腿肠等原料。

克里特吃着苔丝做的沙拉，感到格外香醇，比他过去在五星级酒店吃山珍海味的味道要好多了。他说："苔丝太太，我在敬老院这些日子，是我一生中最快乐的日子，您使我悟出很多的人生道理，其实，一个人生活的需求很简单，快乐才是人生中最宝贵的财富。"

琼斯太太原是一个贵妇人。年轻时，她凭着自己的姿色和美貌，硬是将软件公司老板杰克勾引上了。

琼斯以为嫁给了杰克今后就可以享受荣华富贵了，可是，让她痛苦不堪的是，杰克虽然很有钱，但却爱寻花问柳，常常夜不归宿。有几次,她将杰克堵在了宾馆房间里,她看到的是令她心碎的一幕。而杰克却毫不悔改,甚至对她大打出手。

几年后,这场婚姻终于走到了尽头。从此,琼斯一个人形单影只地生活着。琼斯老了,来到了敬老院,在这里,她遇到了苔丝太太。苔丝太太的风趣幽默,让琼斯太太如沐春风,她不再感到孤独和无助,一天见不到苔丝太太,她就会到处询问:“苔丝太太呢?您看见苔丝太太了吗?”

琼斯的内衣破了,苔丝见了,拿来针线,一针一线帮她缝上。苔丝的针线活很好,经她缝补后的衣服,完好如初。琼斯穿在身上,感到一种别样的温暖和幸福。

琼斯开始跟苔丝学针线活。苔丝手把手的教她,还送给她一盒各种型号的针和五颜六色的线圈。

这些礼物,在琼斯看来,比金子还珍贵。有苔丝太太在敬老院做义工,琼斯的气色好多了,生活变的充实,有滋有味起来。

敬老院里,每天都有苔丝太太忙碌的身影。她常常对着茫茫的天空,喃喃地诉说道:“亲爱的西蒙,我知道,您一直在鼓励着我,我现在很快乐!这里有克里特先生、琼斯太太、乔治先生、玛丽太太……还有院长芭芭拉女士,他们对我都很好,他们向我常常提起您,说您和他们在一起的快乐时光……

· 伊斯尔的官司

“伊斯尔先生，你被安排在2号牢房，在这里，你将度过3个月的刑期，我是警官埃弗森，有什么事可以随时找我，这个是呼叫开关，我将竭诚为你服务。”

被警官埃弗森称为伊斯尔先生的犯人伊斯尔耸耸肩，向埃弗森打出了一个ok的手势，然后进了牢房。

伊斯尔因酒后在瓦莱塔街头与人打架，被警方逮捕。伊斯尔在街头酒后滋事，造成了恶劣的影响，还上了马耳他发行量达两万份的最大报纸《地平线》头版，成为轰动一时的社会新闻。

当伊斯尔的女朋友海西丝知道这件事后，气愤地和他分了手，她说，没想到伊斯尔是这么一个缺乏教养的人，真的太令人失望了，我再也不想见到他了。

伊斯尔被法院判刑3个月，关进了马耳他首都瓦莱塔郊外的一座监狱里，这座监狱是马耳他唯一的一座监狱，始建于公元17世纪，原来是马耳他国王路易的一处避暑胜地，后来改建成一座监狱。这座监狱共有3间牢房，最多时关押了5名犯人，刑期最长的是1年。原来这里面配备了两名警察，后来因为犯人太少，另一个被抽调走了，现在只剩下一名警察。

伊斯尔进了两号牢房，发现这里环境还挺优雅，生活设施齐全，共有两张床铺，另一张床铺是空的。伊斯尔脱下衣服，往床上一靠，随手按了一下遥控器的开关，打开了电视机。

看着看着，伊斯尔渐渐地睡着了。

当他醒来时，发现天已亮了。这时，伊斯尔听到埃弗森在门外喊道，伊斯尔先生，起来吃早餐了，这里有你喜欢吃的果酱泥和咖啡豆。

伊斯尔睁开睡眼惺忪的眼，伸了下懒腰，翻身下了床。

伊斯尔来到卫生间，他坐在坐便器上，想方便一下，突然，他感到屁股凉飕飕的，让他打了个寒噤，他转身一看，发现坐便器上两边上少了一层护暖垫，这样人一坐上去，立刻就会感到凉飕飕的。

伊斯尔立刻火就上来了。他走出卫生间，来到门口，按响了呼叫开关。警官埃弗森听到呼叫铃声响了，赶紧跑了过来，他急匆匆地问道，伊斯尔先生，你有什么事？

伊斯尔气愤地说道，你进来看看，你们这里坐便器上一层护暖垫也没有，这怎么让人坐上去？你们这是什么牢房？

埃弗森赶紧打开牢门，来到卫生间。他查看了一下坐便器，发现上面是没有护暖垫，不过这有什么好大惊小怪的？

埃弗森站起身笑着说道，伊斯尔先生，这没有什么关系，我家里的坐便器上面就没有护暖垫，你坐一会儿就习惯了。

伊斯尔气愤地说道，这怎么行？我家里的坐便器上面就有护暖垫,没有护暖垫,我坐着不习惯。

埃弗森有些生气地说道,你这人也太娇气了,以前住在里面的犯人也没有提出过这方面的要求,怎么到你这里事情就多了起来?

伊斯尔气愤地说道,你马上通知我的律师詹姆斯先生到这儿来,我有事要找他。

埃弗森无奈地耸耸肩说道,好的,我马上通知。

不一会儿,律师詹姆斯先生来到监狱,见到了他的当事人伊斯尔。伊斯尔对詹姆斯先生说,我要向法院起诉这所监狱,他们这里太没有人性化了,这里的坐便器上面竟没有护暖垫,让犯人无法适应监狱的生活环境,请求法院马上要求监狱增加坐便器上面的护暖垫,改善犯人的生活环境。

受伊斯尔的委托,律师詹姆斯先生马上向法院起诉,状告瓦莱塔监狱犯人生活环境不佳,牢房里的坐便器上缺少护暖垫,使犯人在方便时,屁股饱受冰凉的刺激。要求监狱立即整改,在坐便器上安装护暖垫,确保犯人在方便时,免受屁股冰凉的刺激,保护犯人的屁股。

法院受理了这起案子,并向瓦莱塔监狱下达了起诉书。法庭开庭后,随着控辩双方在法庭上的陈述和辩护,最后,法庭判决瓦莱塔监狱立刻在坐便器上安装护暖垫,确保犯人屁股不受冰凉的刺激,保护方便畅通。

瓦莱塔监狱接受了法庭的裁决。很快,伊斯尔的监牢坐便器上安装了护暖垫,伊斯尔在方便时,不再感到屁股冰凉的刺激,感觉和家里用的一样。警官埃弗森也在伊斯尔的监牢体验了坐便器上安装护暖垫方便的感觉。埃弗森激动地说，这坐便器上安装护暖垫方便真好，屁股上感觉很温暖，回家后，我家的坐便器上也安装一层护暖垫，我夫人用了肯定会说很舒服。

3个月后，伊斯尔从监狱里出狱。3个月的监狱生活，使他的体重增加了10公斤。伊斯尔气愤地嘀咕道，这监狱里真不是人待的地方，马上又要到健身房健身减肥了，以后再也不敢酒后滋事了。

第三辑

爱的教育

这部最富有爱心及教育性的读物，是世界上公认的文学读物，并且是一部人生成长的“必读书”。长大后，安利柯成了一名著名慈善家，他常说，我是读着亚米契亚《爱的教育》长大的，他的爱的教育，教育并影响了我的一生，可以说，是亚米契亚改变了我的一生。

艾斯特里大街的下午茶

曼蒂太太住在艾斯特里小学对面，曼蒂太太已是70多岁的人了。小时候，曼蒂太太就是在艾斯特里小学上学，至今她还记得她当时的教室就是那幢银灰色三层小楼东边的第二间，坐在第三组第4排，当时她还是班上的学习委员呢。

每天打开家门，曼蒂太太首先看到的是艾斯特里小学。这所具有100年多年历史的小学，送走了一批又一批小学生，又迎来了一批又一批小学生。时序更迭，日月变换，孩子们的校服变化了，唯一不变的是艾斯特里小学始终洋溢着青春的气息和活力。

看着那些天真活泼的小学生背着五颜六色的花书包来上学，曼蒂太太仿佛也随着那些小学生走进课堂，心儿一下变得年轻许多。那一刻，曼蒂太太感到自己很幸福。

曼蒂太太发现，每天下午放学后，一些孩子还在学校周边玩耍、游荡。她想起自己小时候上学的情景，那时，每天下午放学后，她都会到邻居琼斯小姐家去。那时，爸爸、妈妈还没有下班，琼斯小姐看到曼蒂放学后，一个人孤零零地待在家门口。心想，这么长时间待在家门口，不仅让时间白白流逝，而且也不安全。于是，琼斯小姐就让曼蒂到自己家里来坐坐。

曼蒂拘谨地来到琼斯小姐家。一到琼斯小姐家，她惊讶地发现琼斯小姐家有个书房，里面有许多书。琼斯小姐给曼蒂倒了一杯茶，又拿来几本儿童读本，对曼蒂说，你在这喝点茶，看看书，等你家人回来了，你再回家。

曼蒂兴奋地翻看起那些儿童读本，她看了一本又一本，忘记了时间。直到琼斯小姐对她说，你家人回来了。她才依依不舍地和琼斯小姐告别。

从此，曼蒂每天下午放学后，就会来到琼斯小姐家，琼斯小姐总会给她倒上一杯茶，拿出几本书。就这样，每天下午放学后，在这里，她度过了一个个难忘的时光，直到从艾斯特里小学毕业。长大了，她爱上了文学，并成了一名作家，她想，也许就是在那时，在琼斯小姐家读了许多书，喝了一杯杯暖心的下午茶，才影响了她的人生。

如今，依然有孩子像她从前一样下午放学后，因为父母上班家里没人，在学校周边游荡，曼蒂太太心里不禁溢满了淡淡的忧愁。她想起自己孩提时，那一杯杯暖心的下午茶，心里顿时亮堂起来。

她将自家院子重新整理下，添置了几张桌子和凳子，又买了许多少儿书籍，她将那些下午放学后四处游荡的孩子喊到自己家院子里，给他们每人倒了一杯茶，拿出一些少儿书籍。孩子们一下被吸引了，他们一边喝着茶，一边看着书，那颗游荡的心被收了回来。

自从有了曼蒂太太的下午茶，下午放学后四处游荡的孩子少了，孩子们有了一个美丽的去处。在那里，孩子们阅读了许多课外读物，开阔了孩子们的视野，也让孩子们学会了感恩和爱。孩子们深深地爱上了曼蒂太太的下午茶。

渐渐地，许多家长都知道了曼蒂太太的下午茶，他们感到非常高兴，他们感到曼蒂太太的下午茶，不仅温暖了孩子们的心，也温暖了他们家长的心，让他们一颗忐忑不安的心放了下来。他们还纷纷从家里拿来少儿书籍，丰富了曼蒂太太的书籍，使孩子们阅读到了更多的儿童书籍。

曼蒂太太的下午茶，像吹来的一缕温暖的春风，在艾斯特里大街轻轻吹拂着。不知不觉，艾斯特里大街一些人家，都有了一个下午茶，他们将那些下午放学后回不了家的孩子们接到了自己家里，孩子们都有了一杯暖暖的下午茶。

自从艾斯特里大街有了一家家下午茶，艾斯特里小学放学后，孩子们更加安全了，从来没有发生过交通安全等意外事故，孩子们变得更懂事、更有礼貌了。人们赞扬艾斯特里大街的下午茶温暖了每一个人的心灵。

卡什拉18号的守望

卡什拉大街位于美国宾夕法尼亚州费城。这条大街上住着许多户人家,邻里之间都很善良、友好,大家过着幸福、平静的生活。

卡什拉18号住的主人名叫汉斯,是一名电脑工程师。他有一个儿子,今年7岁了,名叫小约翰。小约翰上小学二年级,学校离家大概有20多分钟的路程。

每天早上,小约翰上学时,汉斯就会像变魔术似的,站在家门口,将自己打扮成一只唐老鸭,或者是米老鼠、超人、蜘蛛侠……他用这种独特的方式,送儿子去上学。

儿子看到爸爸这种打扮,常常抿嘴一笑,转身向学校走去。看到儿子嘴角露出的那一丝笑容,装扮成唐老鸭卡通动物的父亲更加兴奋地手舞足蹈起来。

下午放学时,汉斯又打扮成憨态可掬的米老鼠卡通动物站在家门口,迎接着儿子回家。小约翰看到爸爸这样打扮,嘴角又露出一丝笑容,这笑容稍纵即逝。但是,看到这一丝笑容,汉斯更加兴高采烈、手舞足蹈起来。儿子脸上绽放出的那缕笑容，对于汉斯来说，就是天下最美丽的花朵，芳香袭人，令人陶醉。

小约翰是一名自闭症儿童，这种自闭症是天生的。主要表现为不愿与人交流，对任何东西都不感兴趣，喜欢沉浸在一个人的世界里。当小约翰才3岁时，汉斯得知小约翰得了这种自闭症，一下子惊呆了。他带着小约翰跑遍了美国所有医院，结果都治不好小约翰的这种病症。他感到很痛苦、很不幸。

医生无奈地告诉汉斯，任何药物都无法治愈小约翰的病，要治好小约翰的病，只能用爱，才能使他渐渐走出孤独、封闭的世界中。在他10岁之前，是治愈小约翰的最佳期。

听了医生的话，汉斯的眼前一亮，他仿佛看到那跳动希望的火焰。很快，他挺起了胸膛，目光中闪烁着一种坚强和无畏。他擦去眼角的泪痕，将儿子紧紧地搂在怀里，喃喃地说道，孩子，让我们一起努力，去拥抱这个美丽的世界。

从此，汉斯成为小约翰最好的伙伴，他陪约翰玩耍、旅游、说话、看书、讲故事、看电视……尽管他很辛苦、很疲惫，小约翰对外界的反应还是那么迟缓，甚至无动于衷。但是汉斯一点也不气馁，在他眼里，小约翰就是上帝给他送来的最好的礼物，他必须要倍加珍惜和关爱。

小约翰上学了，他别出心裁，每天站在家门口，扮成各种卡通动物形象，迎送小约翰上学、放学。无论刮风下雨、电闪雷鸣，汉斯都会准时站在家门口。他那憨态可掬，惟妙惟肖的滑稽动作，令小约翰从开始熟视无睹，到定眼细看，再到会心一笑，这一点一滴的细微变化，在汉斯眼里就像是巨大的成功，他的心里比吃了蜜还甜。

渐渐地，卡什拉18号门口的卡通动物形象，成为卡什拉大街的一景。终于，人们得知这个父亲的一番良苦用心后，都被他这种深情的父爱深深地感动了。

有一天清晨，汉斯在门口扮成一只活泼可爱的唐老鸭时，他突然发现他旁边多了一只米老鼠，也在那儿手舞足蹈着。那一刻，汉斯什么都明白了，他走到米老鼠跟前，热情地与他拥抱着，两行热泪夺眶而出。

小约翰出门时，惊讶地看到了两只卡通动物在那里手舞足蹈，脸上立刻露出惊喜的神色。他走上前去，轻轻拥抱了那只米老鼠，嘴里连连说道，谢谢！谢谢！米老鼠弯下腰，给了他一个吻。他又走到唐老鸭跟前，轻轻地拥抱了那只唐老鸭，嘴里连连说道，谢谢！谢谢！唐老鸭弯下腰，也给了他一个吻。

一直走出很远，小约翰回过头去，发现两只可爱的卡通动物，还在不停地又蹦又跳，向他挥手致意！

下午放学回来，在很远的地方，小约翰就看到家门口的那只唐老鸭和米老鼠，不，他发现旁边还有一个超人，他们在那又蹦又跳，向他表示欢迎呢。小约翰兴奋地张开双臂向他们飞快地跑来，嘴里还高声地喊道，谢谢！谢谢唐老鸭！谢谢米老鼠！谢谢超人！

渐渐地，小约翰发现，每当他出门或者放学回来，他发现家门口的卡通动物越来越多，这些卡通动物好像是在列队表演，向他表现出绵绵不绝的关爱和友情，他那封闭的心灵一天一天地打开了。

小约翰笑了，笑的很甜蜜、很幸福。有时，他也扮成一只卡通动物，与他们在一起手舞足蹈，载歌载舞。小约翰变得开朗、乐观起来，变得愿意与人交流，他有了许多小朋友……这一系列变化，令汉斯兴奋不已。

医生检查后，脸上露出不可思议的表情，他惊讶地告诉汉斯，小约翰的自闭症已基本痊愈了，这简直是奇迹。

医生问汉斯这一奇迹是怎么发生的？

汉斯将约翰紧紧地搂在怀里，眼里噙满了泪水。他哽咽地说道，是爱，是爱的守望，让约翰变成一个健康、正常的孩子。那些可爱的卡通动物的扮演者，都是我的街坊、我的邻里，他们都是约翰最亲的亲人。

卡什拉18号，那温暖、甜蜜的一幕每天都在火热地上演着。看到约翰在健康、茁壮地成长，人们心里溢满幸福和甜蜜。这种幸福和甜蜜像一股幸福的暖流，在人们心田里，久久地缠绵着、涟漪着……

阿曼达太太的乐器屋

阿曼达太太六十多岁了，她在轩尼诗大街经营着一家乐器屋。阿曼达太太原来是一名小学音乐老师，退休后，她在家闲不住，就在轩尼诗大街开了一家乐器屋。

每当有顾客买乐器时，阿曼达太太就边讲解，边弹奏给顾客听。她的这种营销方式，很受顾客的欢迎，一些少儿还请她帮助辅导。看着那些天真活泼的少儿，阿曼达心里感到格外舒畅。小小的乐器屋，丰富了阿曼达晚年的生活。

一天晚上，阿曼达送走了最后一位顾客，正要关门休息，忽然进来一个八九岁的少年。少年脸上脏兮兮，头发乱蓬蓬的，一双眼睛却像猫头鹰一样滴溜溜儿乱转。

阿曼达太太和蔼地问少年要买什么？

少年指着柜台上面一盒方便面，说道，太太好，请将这盒方便面卖给我好吗？

阿曼达太太“扑哧”一下笑出声来，她说，我这店是卖乐器的，这盒方便面是我准备自己吃的夜宵。

少年窘迫地说道，我在这附近找了一大圈，只有您这家店还开着门，我已经一天没有吃东西了，肚子饿得咕咕叫，请您将这盒方便面卖给我吧！少年的语气里，有种哀求和悲伤。

阿曼达太太这才注意到，这是一个流浪少年。看到少年这么小就四处流浪，心里不禁感到一丝悲凉。她将这盒方便面拿了过来，亲切地说道，这样吧，我请你吃这盒方便面，钱我就不要了。

少年听了，脸上立刻露出感激的神色，他接过方便面，立刻狼吞虎咽地吃了起来。

阿曼达太太倒了一杯水递了过来，说道，吃慢点，来喝点水，别噎着。阿曼达太太看到少年实在太饿了，一会儿，就将这盒方便面吃光了，就从柜子里又拿出一盒方便面，说道，慢慢吃，这里还有一盒。

不一会儿，少年就将两盒方便面吃光了。少年打着饱嗝儿，抹了一下嘴，说道，谢谢太太！我吃饱了。说完，就要走出门外。

阿曼达太太喊住了少年，问道，天这么黑了，你这是要到哪里去啊？

少年说，我随便找个地方睡就行了，几年来，我一直是这样度过的。

阿曼达太太听了，心里一惊，心想，这么小的年纪就出来流浪，长大了可怎么办？

阿曼达太太越想越焦虑，她想了一下，说道，孩子，我和你商量一件事好吗？

少年回过头问道，什么事啊？

阿曼达太太说，你以后就住在我这屋子里，帮我照看下这店，我可以管你吃喝好吗？

少年一听，眼睛里露出惊喜的光芒，他连声答道，我愿意，我愿意！

就这样，少年在这儿住了下来。阿曼达太太发现，少年很诚实，每天将店铺打扫得干干净净，每当有客人进来，少年总是热情打着招呼，客人离开，少年又热情相送。特别是每当阿曼达太太向客人介绍各种乐器知识，为客人演奏时，少年总是神情关注地听讲，两只手还情不自禁地比画着。阿曼达太太感到很欣慰，心想，原来他也喜欢音乐啊！

一天，一位太太带着一个小女孩来买小提琴，正好阿曼达太太不在店里。少年热情地接待了这对母女，少年热情地向这对母女推荐了一种型号的小提琴，然后还演奏了一下小提琴。这位太太高兴地买下了这把小提琴。

这时，阿曼达太太进来了，看到眼前这一幕，她惊讶万分。等那对母女走了，阿曼达太太问少年，你是怎么会拉小提琴的？

少年说，平时我看您拉小提琴，我偷偷学的。

阿曼达太太简直不相信自己的耳朵，她拿起一把小提琴，对少年说，你再拉一首给我听听。

少年接过小提琴，托在腮帮下，左手几只手指按着琴弦，右手拉弓，顿时，一曲悠扬的小提琴曲如潺潺流水，倾泻而出。

阿曼达太太脸上露出欣喜的神色，她又拿起一架电子琴，少年接过电子琴，十指在琴键上飞快地跳动着，一曲优美的音乐又传来出来。

阿曼达太太高兴地说道，孩子，你的悟性很高，是个弹琴的料，好好地学吧，我教你，将来一定会有前途的。

少年眼含泪花，深情地说道，谢谢阿曼达太太，我一定好好地学，决不辜负您的期望……

一年又一年，日月如梭。在阿曼达太太精心教导下，少年进步很快，他不仅会弹奏好几种乐器，而且还会作词作曲，谱写了大量的原创歌词。在这里，少年找到了属于自己的天空。

在参加当地电视台举办的少儿乐器大赛中，少年获得了一等奖。少年在获奖感言中深情地说道，我曾经是一名无家可归的流浪儿，四处漂泊，饱受世态炎凉。是阿曼达太太收留了我，从此改变了我的人生。我在阿曼达太太的乐器屋里，不仅学会了为人处世的基本道理，还学会了音乐。音乐，像给我插上了美丽的翅膀，带着我，飞过高山、飞过湖泊，飞向遥远的天际，我找到了属于自己的人间天堂……

多年后，少年成了一名著名的音乐家。他常常向人们讲述着发生在阿曼达太太乐器屋的故事。这个故事，感动了无数的人，人们竟相传说着、温暖着。

人们不经意地发现，音乐家身边，又多了几个流浪儿。那个阿曼达太太乐器屋的故事，在延续着……

爱的教育

太阳渐渐落入阿尔卑斯山脉的那一边，维罗纳小镇沐浴在一片金黄色中。一个四十多岁的中年人站在街道上，看着一个个从眼前走过的小学生，好像在寻找着什么。

突然，从孩子中跑出一个十一二岁的小男孩儿，中年人看见了，高兴地喊道："安利柯，我的朋友，你放学啦！"

小男孩儿欢快地跑到中年人跟前，从书包里拿出一张画，说道："亚米契亚先生，这是我今天在学校画的维罗纳的圣洛伦佐教堂，老师夸我画得很好，送给您吧！"

亚米契亚拿起那幅画，边仔细地欣赏着，边频频点头，说道："这幅画画得真好，我一定好好保存。"然后，亚米契亚对小男孩儿说道："安利柯，到我家去坐坐吧，把你今天在学校的情况对我说说吧！"

小男孩儿高兴地拉着亚米契亚的手往家里走去。亚米契亚是一名作家，几年前，他来到维罗纳小镇安居下来。维罗纳小镇宁静、优美，给亚米契亚带来了旺盛的创作灵感，他创作了大量的文学作品，这些作品，有许多烙上了维罗纳小镇的印记。

在小镇上，他认识了邻居的小男孩儿安利柯，俩人结下了深厚的友谊，他俩就像是一对父子，常常在一起有说不完的话。亚米契亚非常喜欢听安利柯讲述他在学校里的见闻，还边听边记，他有一本笔记本，上面记满了安利柯讲的见闻。

安利柯每次讲完他在学校里的见闻，他就在亚米契亚书房里，看许多童话书。亚米契亚书房里的书可多了，他看了一本又一本，在阅读中，他增长了知识，开阔了眼界，懂得了许多做人的道理。

安利柯看到亚米契亚拿出那本笔记本，就知道亚米契亚又要听他讲在学校里的见闻了。可是，今天他一张嘴竟有些气鼓鼓地说道："今天在学校里，我们班一个外号叫'小石匠'的男孩儿，下课后，他看到我的座位上没人，竟跑到我的座位上坐着。我过来一看，他把我的座位弄得脏兮兮的，上面有许多石灰的印记。您知道吗？他的爸爸是一名老石匠，每天在山上开采石头，'小石匠'衣服上也沾上了许多石灰，他在我的座位一坐，我的座位上就弄了许多石灰，很龌龊。我立刻叫他赶紧滚开，说他弄脏了我的座位。"

亚米契亚边听边记，眉头不知不觉紧锁起来。他看到安利柯停了下来，问道："安利柯，你讲完了吗？"

安利柯轻轻舒了一口气，眉毛向上一扬，说道："讲完了。"

亚米契亚合上笔记本，语重心长地说道："安利柯，我的朋友，你听我说啊，'小石匠'的爸爸老石匠，他是个劳动者，凡是从工作上带来的，绝不是龌龊的东西，不管他是石灰、是油漆或是尘埃，绝不龌龊。劳动不会生出龌龊来，见了劳动者的人，决不应该说‘啊，龌龊啊！应该说‘他身上有着劳动的痕迹。’你不要把这忘了！你应该爱‘小石匠’，因为他是你的同学，他是个劳动者的儿子。”

安利柯的脸上不知不觉露出了羞涩的红晕，他说道：“亚米契亚先生，您说得太好啦，我不应该看不起劳动者，我们生活中的一切，都是劳动者创造的。我明天就向‘小石匠’认个错，还请他到我座位上来坐，还请他看我画的画。”

亚米契亚站起身来，轻轻拥抱着安利柯，说道：“亲爱的安利柯，你说得太对了，我们永远都要和劳动者成为好朋友。”

安利柯兴奋地说道：“亚米契亚先生，您说得太好啦。”

1888年，亚米契亚出版了一本新书，书名叫《爱的教育》。这本书采用日记体形式，由100篇文章组成，以一个意大利小学四年级男孩儿安利柯的眼光，讲述了从四年级10月份开学的第一天到第二年10月份在校内校外的所见和所闻。通过一个个情感的波澜，使爱的美德在书中闪烁着璀璨的光芒。

这部最富有爱心及教育性的读物，是世界上公认的文学读物，并且是一部人生成长的“必读书”。

长大后，安利柯成了一名著名慈善家，他常说，我是读着亚米契亚《爱的教育》长大的，他的爱的教育，教育并影响了我的一生，可以说，是亚米契亚改变了我的一生。

冬暖花会开

珍妮小姐是墨尔本帕克维尔一所小学三年级英文老师。这学期开学后，她就发现班上原本活泼、开朗的艾尔莎，好像变了个人似的，总是一个人静静地待在一边，几乎从不和班上的同学交往，每天上学、放学，总是一个人默默无闻地走着。

看着那孤单、孱弱的背影，不知怎地，好像有一枚银针，深深刺痛了珍妮的心。她多次试图接近艾尔莎，可艾尔莎总是有一种拒人千里之外的冷漠。

这天，珍妮买了一个芭比娃娃到艾尔莎家家访。珍妮本以为艾尔莎看到芭比娃娃一定会喜笑颜开，没想到，艾尔莎看到珍妮和她手上的芭比娃娃，脸上毫无表情，她手里摆弄着一辆玩具小汽车，面部依然是一脸冷漠。

那一刻，珍妮的心一下子凉了半截，她不知怎么办才好。

妈妈回来了，她看到珍妮小姐来了，和她热情地交谈起来。妈妈不时用眼光瞥向站在门口的艾尔莎，只见艾尔莎低着头，不停地用手摆弄着玩具小汽车，怯怯的样子，妈妈脸上掠过一丝无奈和痛苦。珍妮隐隐感觉到这里面似乎有什么难言之隐。

妈妈在送珍妮走出家门时,珍妮鼓足勇气问道,艾尔莎为什么总是闷闷不乐?

妈妈用手抹了抹眼睛,低声说道,以前,艾尔莎是一个十分开朗、乐观的孩子,她喜欢唱歌,那歌声,像林间的百灵鸟一样悦耳、婉转。不幸的是上学期放寒假的时候,她父亲被一辆小汽车轧死。从此,她似乎完全变了一个人似的,对什么东西都不感兴趣,一回到家,就拿着个玩具小汽车。听医生说,她这是患了间歇性自闭症,这种病很难治。

珍妮这才明白艾尔莎的性格变化的原因,她在深深地同情艾尔莎的遭遇后,不禁自责起来。她想,自己是艾尔莎的老师,艾尔莎家里发生了这么大的事儿,自己却一点不知。

第二天,珍妮走进教室。珍妮对学生们说道,在上课之前,我想先变个小魔术,活跃下课堂气氛。

学生们听说老师要变魔术,立刻兴奋起来。珍妮拿起一本书,对学生们说,我能将这本书变成一辆小汽车。课堂里,响起一阵嘘声,学生们大都表示不相信。珍妮看了一下艾尔莎,发现艾尔莎的脸上闪过一丝惊讶的目光,那丝惊讶的目光虽然稍纵即逝,但没有逃过珍妮的眼睛。

珍妮将书本往空中一晃,说道,变出来了!

学生们哄堂大笑,什么也没有变出来啊,还是一本书。

珍妮狡黠地一笑,打开书本,拿出一张纸展开后,对学生们说,这不是一辆小汽车吗?课堂上又响起一片哄笑声,这是一幅画啊!

珍妮看到，只有艾尔莎的眼睛里露出羡慕的神色。珍妮问道，谁要这幅画？

学生们全都一动不动，珍妮看见，只有艾尔莎悄悄举了下手，又悄悄地放下了。

珍妮说，这幅画就送给艾尔莎，我看到艾尔莎刚才举了手。

珍妮走到艾尔莎的座位前，将那幅画送给了艾尔莎。艾尔莎脸上闪烁着一缕激动的神情。

从此后，每次上课前，珍妮都要变个小魔术。这些小魔术变来变去，都是书里夹着的一幅画。不同的只是那些画不一样。不仅有各种小汽车，还有小猫小狗小鸟小花……这些图画，有的送给了艾尔莎，有的送给了其他学生。

不知从什么时候开始，艾尔莎也喜欢变小魔术了。她画了一些画，然后夹在书本里，像珍妮那样变魔术。她将变出来的那些画，都送给了同学，同学们说艾尔莎的画，画得美极了。同学们还专门举办了几次艾尔莎图画展。

看着画展上同学们写得热情洋溢的评语，艾尔莎脸上流淌着甜美的笑容，那笑容，像校园里盛开的红牡丹，娇艳欲滴。

艾尔莎变了，变得热情开朗了，她走出了心灵的阴影。艾尔莎每一点每一滴的变化，珍妮都看在了眼里，喜在了心里，她知道，冬暖花会开。当她用潜移默化的爱，终于使艾尔莎走出了心灵的寒冬，在冬天里开出了美丽的花来！

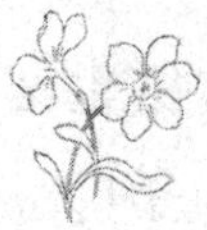

诚实的回报

不丹少年吉格,出生在一个十分贫寒的山区贫民家庭里。那里没有水、没有电,甚至连自行车是什么样子的他也没有见过。15岁时,为了给家里减轻负担,他挥泪告别了家人,一个人到外面谋生去了。

他饱经风霜,历尽艰辛,终于来到了首都廷布。在这里,他帮人打工、做苦力,以换取一点微薄的收入,聊以果腹。一个好心人,看到吉格很厚道、诚实,就介绍他到一家旅馆当服务员。

吉格非常珍惜着来之不易的工作。他勤勤恳恳,任劳任怨,无论多苦多累,他的脸上始终露出温和的笑容,热情地招待每一个客人,许多住在旅馆的客人都很喜欢他。

一天,这里来了一名叫亨利的美国客人。亨利是一名作家和摄影师,他到不丹主要是来体验生活和拍摄不丹美丽景色的。住在旅馆里,他和吉格熟悉了,他常常托吉格购买一些生活日用品、投递邮件等。对于亨利交办的这些事,吉格每次都办的又快又好,回来时,吉格将找的零钱一分不少地交给亨利。

亨利每次要给吉格几个小费时，吉格总是婉言地拒绝了。一次，吉格在打扫房间时，发现亨利将一枚金戒指和一些废纸揉在一起丢进了废纸篓里，吉格发现后，马上将这枚金戒指交给了亨利。亨利很感动。

不知不觉，俩人相处了好几个月，亨利和吉格也结下了很深厚的友谊。回国时，亨利叫吉格和他一起回到美国去，做自己的助手。就这样，吉格跟随着亨利来到了美国。

在美国，亨利每次参加摄影展和一些社会活动，总是将吉格带在身边。吉格聪明伶俐，踏实忠厚，深得亨利的好评。亨利常对人说，吉格给了他很大的帮助，他真的很感激吉格。

世事难料。不幸亨利得了重病，吉格又担起照顾亨利的责任。一有空闲，他就认真整理亨利的那些书稿和相片资料。他记录的各种账目都十分清晰，有条不紊。看到吉格每天在自己身边忙忙碌碌，亨利眼里充满了感激的泪花。

2012年，亨利深知自己不久将离开人世。临终前，亨利立下遗嘱，要求将自己的所有财产，包括一幢450万美元的别墅和一批价值难以估量的字画、艺术品，全部赠给吉格。

面对一下子成了美国大富翁的吉格。有的人劝吉格拿着这些钱去做生意，有的人劝他去炒股，有的人劝他去赌博，也有的人劝他周游世界，享受人生。吉格听了，只是淡淡地一笑道，这些家产都是亨利先生遗留下来的，我只能妥善地保管，没有肆意挥霍的权利，过去怎么生活，现在还是怎么生活，我还是要靠自己打工挣钱养活自己。

就这样，吉格虽然拥有了万贯家产，但是，他依然外出打工，从不动用亨利先生遗留下来的一分钱，他还住在过去那个简陋的宿舍里。他常常将亨利先生遗留下的名贵字画，拿出来举办展览，让更多的人得到艺术的享受，并将所得的门票收入，全部捐给了慈善机构。有人不解地问道，这些名贵字画，随便拿出来卖掉一张，你就能得到大量的金钱，你真是太傻了。

吉格淡淡地一笑道，我觉得靠自己双手劳动来养活自己，这比什么都幸福和快乐，用自己的劳动来创造财富，这才是人生最快乐的事。

美国《华盛顿邮报》在报道中指出：诚实，是一个人最宝贵的品质，它像黑夜里的闪电，永远闪烁着璀璨的光芒。吉格的诚实，让我们在感动之余，深深地感到，诚实永远是人生的一种力量和强大，它是社会的最强音。

当别人都哭时，你可以不哭

吉利是个十分聪明、可爱而又有些调皮的孩子，小小年纪，他就会组装各种电动玩具，他组装出大吊车玩具，臂长能伸两米多，能轻松吊起一个电饭锅。母亲见了直呼，我的儿子太厉害啦，快能把你妈妈吊起来了。说罢，在吉利的额头上，印上了一个深深的吻痕。吉利有些羞涩地摸了摸自己的额头。

吉利喜爱组装玩具，他的一间小屋子里，摆满了各种电器原配件。母亲看到他房间里总是乱糟糟的，经常帮他收拾房间，如果两天没收拾，房间里会无从下脚。

虽然母亲常常帮他收拾房间，可常常招来吉利的抗议，说是弄乱了他的东西。母亲看到儿子严肃的面孔，用手抚摸着他的头，充满爱怜的目光里，轻轻地叹了一口气，满是慈祥和温暖。

上学了，吉利的书包里比别的孩子多了一种东西：一些电器原配件，书包总是显得鼓鼓囊囊的。班上的同学丽莎骑的自行车常常坏，多亏了吉利帮她修理。一次，丽莎上学骑到半路上，自行车链条掉了，眼看就要迟到了，急得丽莎直跺脚。几个同学见了想帮忙，可一个都不会修。这时，吉利从后面赶了上来，从书包里掏出工具，很快就将链条弄上去了，还把链条紧了紧，对丽莎小姐说，以后这链条再也不会掉下来了。丽莎高兴地拥抱了吉利，说道，吉利，你是我最崇拜的人。

老师常常将他母亲喊到学校，向他母亲告状，说吉利从不认真学习，抽屉里堆满了电器原配件，这样下去，将来怎么考上大学？上不了大学，还怎么能找到一个好工作？

母亲回到家，吉利忐忑不安地望着母亲。母亲眼圈红红的，但她依然伸出手，充满爱怜地说道，孩子，老师夸你呢，说你设计的电动玩具很厉害。

吉利抬起头，将信将疑地问道，是吗？

母亲扭过头去，轻轻地说了句，孩子，当别人都哭时，你可以不哭，这也是你的一种人生。

听了母亲这句话，吉利用手抓了抓脑门儿，有种疑惑和不解。

吉利给班上设计出自动擦黑板的黑板擦，减轻了老师许多劳动，也提高了老师的讲课效率。其他班上的老师纷纷赶来参观，直夸这个设计很有独创性，他们还邀请吉利给他们班设计一个自动黑板擦。

老师又将吉利母亲喊到学校，老师气愤地向吉利母亲告状说道，吉利考试成绩在班上又是倒数，这样下去，考大学是很困难的。

母亲回到家，吉利忐忑不安地望着母亲。母亲眼圈红红的，但她依然伸出手，充满爱怜地说道，孩子，老师夸你呢，说你设计的电动黑板擦，成了她们班上的骄傲呢。

吉利抬起头，将信将疑地问道，是吗？

母亲扭过头去，轻轻地说了句，孩子，当别人都哭时，你可以不哭。

听了母亲这句话，吉利微微一愣，他看着母亲，眼睛顿时湿润了。

中学毕业后，吉利上了一所职业技术学校。他回到家，有些内疚地告诉母亲，妈妈，我们班上有许多同学考上了大学，我只报考了这所普通的技术学校，给您丢脸啦！

妈妈笑道，孩子，你能上这所技术学校，也很了不起啊，孩子，当别人都哭时，你可以不哭，这没有什么不可以的。

母亲又说了这句话，吉利听了，心里猛地一震，顷刻间，泪水悄然滑过面颊。

在这所职业技术学校里，吉利更发挥了自己的特长，他发明了许多小发明、小创造，他成了老师的骄傲，学校一面独特的风景线。老师把他母亲请到学校，紧紧地握住他母亲的手，激动地说道，感谢您培养出了这么一个聪明、伶俐的孩子，他真是我们全校师生学习的榜样。

母亲听了，眼睛里流下了两行泪水。

在学校里还没毕业，吉利就被几家大公司点名请去参与他们的产品设计，并向他发出了高薪聘请。

几年后，当年他的许多同学大学毕业后，还在为找工作四处奔波时，吉利成为美国著名的波音公司的高级工程师。

当年的母校邀请他回校给师生做报告，向同学们讲他成长的道路。在演讲中，吉利说了这么一句话，我曾经是一个不被老师看好的另类学生，老师常常将我母亲喊到学校训斥。我知道，那一刻，我母亲心里一定如万箭穿心，可母亲回到家，总是对我说道，孩子，当别人都哭时，你可以不哭，这没有什么不可以的。渐渐地，我明白了一个做母亲那颗包容、慈爱的心灵。我就是在母亲“孩子，当别人都哭时，你可以不哭”的包容、关怀下，做着我喜欢的小发明、小创造。

吉利的演讲，给全校师生心灵带来了一种震撼。校方将校训改为这样一句话：当别人都哭时，你可以不哭。

一场春雨就能软成彩虹

“鲍勃，你站起来，我在上课的时候，你为什么总在下面和人说话？”安娜站在讲台上，气愤地批评一个叫鲍勃的小男孩儿。

那个被叫作鲍勃的小男孩儿听到老师在叫他，满不在乎地和旁边的希莉的小姑娘击了一下手掌，然后扭动着身体站了起来。他站起来后，还挤眉弄眼，和几个男生做着鬼脸。

安娜老师看到鲍勃还是这样嬉皮笑脸，更加气愤，她走到鲍勃跟前，伸出手，要拉他到教室后面站着。鲍勃将安娜的手甩开，一脸漠然地说：“我自己会走。”说罢，耸耸肩，走到教室后面站着了。

安娜脸色铁青，转身向讲台上走去，可刚走了没几步，身后就传来一阵同学们的嬉笑声。她回头一看，只见鲍勃站在教室后面，摆出各种健美造型，他的古怪滑稽的样子，引得同学们又是一阵哄笑。

安娜看着鲍勃这个调皮的样子，忽然也忍俊不禁地给逗笑了。她无奈地摇了摇头，含嗔道：“拿你简直没有办法，如果让你罚站在教室外面，你恐怕都要飞起来了，还是回到座位上去吧。”

听到安娜小姐这么一说，鲍勃微微一愣，似乎感到有些突然，这么快就让自己回到座位上去，这还是第一次呢。鲍勃向安娜用手打出个大大的V，然后兴高采烈地跑到座位上去。刚坐下，他又和希莉小姑娘击了一下手掌，希莉小姑娘向他露出傻傻的笑容，露出了两颗漂亮的小虎牙。

安娜自从去年带三年级这个班后，就发现那个叫鲍勃的小男孩儿很调皮，他长得高高的个头儿，身体很结实，总是一副玩世不恭的样子。别看鲍勃很调皮，可他似乎很有号召力，在他身边总是围绕着几个男生和女生，只要他一个手势、一个眼神，那几个人立刻随他而去。安娜不明白，为什么鲍勃这么调皮，却还有这么大的魅力，总是有一些男生女生围着他转呢？

因为这个班有了鲍勃这么一个小调皮，安娜没少花心思，她用尽了各种批评手段，可鲍勃依然我行我素，一副桀骜不驯的样子。安娜感到很无奈。今天，鲍勃在课堂上这种表现，让她又气又恼，但又有一点隐隐的喜欢，她也说不清这是为什么？

放学后，她将希莉喊到办公室，她想问问希莉，鲍勃这么调皮，而她们为什么总喜欢和鲍勃在一起？

没想到，希莉的回答，让安娜大吃一惊，她说：“鲍勃虽然有些调皮，但他乐于帮助别人，看到别人有什么困难，他总是热情相助，所以我们都喜欢和他在一起。”

安娜脸上露出惊讶的神色，她说：“能说具体一点吗？”

希莉说：“一天，在上学的路上，我不小心摔倒了，脚也崴了，我蹲在路边直哭。这时，正从后面走来的鲍勃，二话没说，背起我就往学校里走去；有一次，在放学的路上，有几个高年级的同学欺侮我们班上几个男同学，鲍勃看见了，勇敢地冲上去，三拳两脚，就将他们给打跑了；还有一次……”

希莉一口气说了鲍勃的许多好，安娜听了，不禁暗暗自责起来，她想，自己作为鲍勃的老师，对发生的这些事却一点也不知道，真的是一种失职行为。她轻轻拥抱着希莉，说道：“谢谢希莉告诉了我关于鲍勃的一些情况，鲍勃其实是一个非常好的孩子。”希莉腼腆一笑，露出了两颗漂亮的小虎牙。

上课了，安娜走上讲台，对同学们说道：“在上课之前，我想说一件事，鲍勃是一个非常好的孩子，他平时关心同学，乐意帮助别人，我提议让鲍勃当生活委员怎么样？”同学们听了安娜的提议，都举手表示同意。安娜看到鲍勃坐在座位上，脸上露出一丝羞涩的红晕，而他这种羞涩的表情，是安娜第一次才看到过的。

安娜发现，从那天开始，鲍勃似乎像变了一个人似的，上课再也不和别人讲话了，还积极举手发言。一次，她组织同学到彼斯堡古城游玩，在回来的时候，突然下起了大雨，鲍勃将同学们一个个护送走出一个陡坡，雨水将鲍勃全身都淋湿了，可他依然非常镇静地搀扶着一个个同学，鼓励同学们不要怕。看到安娜走了过来，鲍勃扶住安娜的手说：“老师别怕，有我保护着您！”安娜握住鲍勃的手，感到他的手湿漉漉的，但那手心分明传递着一种温暖。

看到同学们一个个都走出了危险地段，鲍勃用手抹了一下脸上的雨水，脸上露出了幸福的笑容。

不一会儿，雨停了，安娜看到，天边露出一道绚丽的彩虹。那彩虹折射出七彩光芒。她看到，鲍勃沐浴在金色的光芒下，就像天空上那道绚丽的彩虹。

那一刻，似乎有某种东西，触动了安娜内心的柔软。她想，每个孩子都有可塑性，有时教育很简单，只需一场春雨，孩子们就能化成一道绚丽的彩虹，闪烁着柔美的光芒。

太阳，也有不一样的光芒

不知为什么，自从我转到了这所名叫西湖花园的小学，我就好像变了个人似的，每天都迫切地想早点到学校去，满脸兴奋和喜悦。

母亲笑道，你为什么这么喜欢上学啊？

我仰起脸，把书包在肩膀上顺了顺，说道，我想早点见到那轮太阳。

母亲不解地问道，什么太阳？

我转身跑开了，跑出门，我扭过头去，故作神秘地说，现在我不告诉您，您以后就会知道了！

母亲脸上闪现出一丝惊喜，这种惊喜的神色，在我眼里显得很陌生。自从我上学了，母亲的脸上总是不时闪现出深深的忧虑和焦灼。不知为什么，上学不久，我就产生了厌学情绪。我不喜欢上学、不想做作业、不想考试，还学会了逃学……

我最不喜欢那个叫芦花的老师了。她好像很不喜欢我，我只要什么地方错了一点，她对我不是咆哮，就是声嘶力竭，恨不得撕碎了我。见到她,我就心发怵,腿发抖。

有一次,她生病,两天没来。我高兴极啦,那是我最开心、最轻松的两天……

每隔几天,芦花老师就会将母亲喊到学校,向母亲告状,说我这儿也不好,那儿也不好,将来一定是一个一事无成的人。说罢,她将试卷重重地扔在母亲面前。母亲捡起试卷,看了看上面的分数,顿时满脸羞愧。然后一脸谦卑,小心赔着不是。

我站在一边,看到那一幕,就好像有一把刀子,在用力地剜割着我的心……

我和母亲走在回家的路上,一路上,母亲看着我,不停地抹着眼泪,空气仿佛都凝固了,有一种令人喘不过气的窒息。我知道,母亲的心,也一定像我一样,被深深地刺痛着。

好不容易我"熬"到三年级了。一天,母亲又被芦花老师喊到学校。回家后,母亲久久地望着我,那目光,我看了,一阵心悸。终于,母亲轻轻地对我说了句,孩子,我给你转一所学校上学好吗?

仿佛是天籁之音,顷刻间,我深深地吸了一口气。我觉得那空气格外香甜、格外清澈。我重重地点了点头,眼里噙满了泪水……

母亲把我转到一所名叫西湖花园的小学,学校离家很远,每天上学在路上要走40多分钟。可我一点也不觉得远,我的心情每天像盛开的鲜花,因为到了学校,我就能见到一轮太阳了。

我清楚地记得,我第一次在西湖花园小学见到荷花老师的情景。荷花老师把我带进教室,对班上的同学介绍说,同学们,我给大家介绍一位新同学，他叫李木子，和你们一样，他也是一位可爱的小天使，希望大家能成为好朋友！

荷花老师的话音刚落，班上立刻响起热烈的掌声，有几个大胆的男生，还用手拍打着桌面，嘴里发出尖锐的叫声。一位胖胖的女生站起来说，荷花老师，让李木子和我坐在一起吧，我旁边坐位是空的。

看到荷花老师点了点头，胖胖的女生腼腆地笑了笑。那一笑，露出了两颗漂亮的小虎牙。

那一刻，我激动地哭了，我没想到荷花老师会说我是一位可爱的小天使。小天使，是我最喜欢的卡通形象，她们有着一双美丽的翅膀，翩翩飞舞着，给人们带来欢乐和幸福。我想，我也有一双美丽的翅膀吗？

胖胖的女生把旁边的座位擦了擦，低声说道，我叫张影影，以后有什么不清楚的地方就问我吧。

我看到，张影影的眼睛，像一汪清澈的湖水，仿佛能照见人似的……

我心里难受极啦，第一次数学小测验，就没有考及格。我惴惴不安地对荷花老师说，要不要喊我妈到学校来一趟？

荷花老师一愣，疑惑地说道，喊你妈到学校来干吗？哦，你是说你没考好是吗？没关系，天使的翅膀偶尔也会有一块痂，飞翔，就会有伤口，只有不断飞翔，你才会有一双过硬的翅膀！

这是我第一次听说，我没有考好，老师根本不需要家长到学校，也第一次听说，没考好，是天使翅膀的一块痂。在这里，我有了太多的第一次。我像一头幸福的小鹿，快乐的奔跑着、跳跃着……

在这里，给我带来种种意想不到的幸福和甜蜜：我参加了“小红花”合唱队、参加了排球队、参加了运动会的报道员……呵呵，我变成大忙人了。哦，期末考试，几门功课，我全部考了80分以上，这也是我第一次取得这样优秀的成绩。

荷花老师伸出手掌，和我击掌相庆。那清脆的响声，在我心里，像投进了一枚小石子，荡起了层层涟漪……

几年后，我参加小升初考试，以优异的成绩，考取了一所重点中学。我在给荷花老师的毕业留言簿上写下了这么一句话：我自从转到西湖花园小学，我看见了一轮新的太阳，那轮太阳，洒满金色的光芒，照亮了我的心灵，从此我知道，太阳，也有不一样的光芒。你的那轮不一样的光芒，改变了我的人生，将会永远照耀着我前进的方向。

第四辑

疼痛的雕塑

沃尔蒂的雕塑作品魅力就在于告诉这样一个道理:我们每个人的一生其实都在不停地雕凿自己,谁也没有一蹴而就的成功。雕凿自己,就是在疼痛中,不断完善自己,改善自己;在疼痛中,展现出一个崭新的自我。

疼痛是生命的一个必然过程。没有疼痛的生命,不是一个健康的生命。疼痛,才会引领我们日臻完美;在疼痛中,我们的生命,才会得到升华。

·风动与树静

1940年6月，德军绕过马其诺防线，攻占巴黎，整个巴黎陷入到腥风血雨中，许多巴黎市民纷纷逃到乡下躲避战火。昔日繁华大都市，被法西斯强盗的铁蹄残暴摧残和蹂躏。

一天，一批德国士兵正在圣凯瑟琳大街搜捕犹太人和抵抗者，整个圣凯瑟琳大街空无一人，不时传出来的枪声和爆炸声，让圣凯瑟琳大街笼罩在一片阴森、恐怖的气氛中。

忽然，一个年轻人惊慌地推开一扇门，他对着里面高声喊道："马克先生，德国鬼子来了，快躲起来。"

房间里，一个中年人正聚精会神地雕塑一尊展翅欲飞的双鸽，四周堆满了各种雕塑作品，整个房间散发着浓郁的艺术气息。听到年轻人惊慌的喊声，那个被称为马克的人头也没抬，依然专心致志地手拿刻刀雕塑着自己的作品。

年轻人跑到他跟前，再次大声喊道："马克先生，德国鬼子来了，快躲起来。"

马克只是淡淡地说了句："请不要打扰我，我正在工作，这双鸽还没雕塑好呢。”

年轻人向雕塑家深深地鞠了一躬，然后猫着腰，飞快地跑了出去。

枪声和杂乱的脚步声越来越近。这一切，在雕塑家马克的面前仿佛都不曾发生，他依然全神贯注地雕塑着自己的作品。

几个德国士兵猛地踢开房门，他们惊讶地看到一个中年人还坐在这里，立刻不约而同地将枪口对准雕塑家的脑袋。他们发现，这是一位雕塑家，正在雕塑自己的作品：这是一件即将完工的双鸽雕塑，两只鸽子，好像是比翼双飞，呼之欲出。这件作品太完美了，完美的简直可以说是白璧无瑕。

对于几个冷酷无情、杀人如麻的德国士兵来说，他们仿佛也被雕塑家手中的作品所震撼。他们端枪的手不知不觉地在微微颤抖，血红的眼睛里闪烁着一丝稍纵即逝的亮色。

雕塑家对闯入自己家里的德国士兵好像没有一丝惊慌，始终全神贯注地雕塑着手上的作品，那脸上呈现出的淡定，像一条皮鞭，狠狠地抽打在几个德国士兵的脸上。

几个德国士兵面面相觑，冷酷凶残的脸上闪现出一丝惊慌。终于，他们慢慢地退出了房门，走在最后的一名德国士兵还轻轻地关上了房门。

二战结束后，雕塑家马克雕塑的这件比翼双飞的双鸽，被著名香水莲娜丽姿作为商标，成为法国最著名的经典香水，历经半个多世纪，经久不衰。莲娜丽姿双鸽比翼双飞的造型香水，以赞美关爱与和平为主题，满足世人追求和平与关爱的渴望。据悉，世界上每一分钟都有这种香水售出，它象征着无限温柔与爱。

有记者曾采访马克，您是如何雕塑出这件美轮美奂的双鸽雕塑作品的？

马克淡淡地回答道，人们常说，树欲静而风不止，对于雕塑家来说，要雕塑出一件完美的艺术品，更要风动，但树静，哪怕是德国士兵的枪口对着你的脑袋，也依然沉浸在自己雕塑的作品中，这就是一件完美艺术品诞生的源泉。

锋利与柔软

还是在学生时代，金庸就表现出很高的文学天赋，他在浙江省立联合高中初中部就读时，就成为学校的名人。

金庸的文学天赋，尤其得到校长张印通的赏识。他常常邀请金庸到自己办公室和寝室里，与他一起探讨文学。灯光摇曳，促膝长谈。文学，拉近了俩人的距离，他们成了一对十分要好的忘年交。

在张印通的宿舍里，金庸看到了张印通收藏的许多文学书籍，他如饥似渴地阅读这些文学名著。金庸的刻苦和勤奋，博得校长张印通的赞许和好评。

省立联合高中初中部，是当时浙江省一所重点中学，校规十分严格，常有学生违反校规而被开除。金庸的性格松散、随便，甚至有些桀骜不驯，他常常秉笔直书，针砭校规。校长张印通对此多次劝导金庸，要他好好读书，收敛自己的任性。金庸表面上应允，可一转身，又依然我行我素。

1941年，金庸在报纸上发表了一篇文章《阿丽丝漫游记》，文章讽刺学校训导处主任在教学、管理上的无能和愚拙。文章发表后，引起学校一片哗然。训导处主任更是气急败坏、暴跳如雷，扬言要对金庸进行报复。

校长张印通得知消息后，不禁心急如焚、焦虑万分。为了严肃校风校规，他毫不留情地将金庸开除了。有学生和老师向张印通求情，也被他一概拒绝。

天空下起了淅淅沥沥的小雨，青石板铺就的路面上，溅起朵朵水花。金庸撑着油纸伞，走在湿漉漉的街道上，心里溢满了惆怅。忽然，张印通浑身湿透，气喘吁吁地从后面赶了过来。他一把拉住金庸的手说道，孩子，你不能就这样走了，你将来还要在文学上成就一番事业。我想好了，我把你介绍到衢州中学上学，那所中学的校长是我以前的一个同学，他一定会收留你的，这是我给他写的引荐信，你去找他吧。

风雨中，仿佛出现了一道彩虹。金庸不禁百感交集、热泪盈眶。他正不知怎么办，没想到，张印通又给他指明了一条路。为了维护校风校纪，他铁面无私，像一把锋利的刀子，将他开除；另一方面，他内心里，又充满了柔软，又给他指明了一条道路。

那一刻，金庸似乎读懂了校长张印通锋利与柔软的侠骨柔情。

在衢州中学，金庸惊讶地发现，衢州中学校图书馆收藏了大量的文学书籍，比省立联合高中初中部的图书馆收藏的更多、更丰富。在校图书馆里，他阅读了大量的书籍，尤其喜爱阅读古典文学名著，这为他以后从事武侠小说创作，打下了坚实的基础。初中三年级的时候，他就出版了他的第一本书《给投考初中者》。这本书的出版，在当时引起了强烈反响。

几十年后，当金庸成为著名武侠小说作家时，他曾深情回忆道，张印通校长的锋利与柔软，给他的武侠小说带来了很大影响，并打上了深深的烙印：侠客，既有英勇无畏的一面，又有侠胆柔情的一面，这是他武侠小说人物的一个显著特点。做人，也应该有锋利与柔软的一面，不可失之偏颇。

良知和良能

第二次世界大战爆发后，海明威成为美国《星报》的一名战地记者，在战场上，他多次出生入死，深入到战场第一线，采访到许多有价值的报道。

1941年3月，海明威决定亲临中国战场，向全世界报道日寇法西斯的暴行。

有人劝他不要去冒这个险，中国战场很残酷，你这样去冒险，很有可能丢掉性命。

海明威说，向全世界报道日寇法西斯的暴行，是一个记者的良知，如果要说是在冒险，那么可以说是一个记者的良知在呼唤我去冒这个险。

就这样，海明威在向导的帮助下，从香港悄悄地来到广东韶关。一路上，海明威处处见到的是日军的凶恶残暴，他们枪杀无辜的贫民，掠夺资源，气焰十分嚣张。

海明威用随身携带的相机，悄悄地拍下了日寇的暴行，并用笔记录下自己的所见所闻。在韶关，他还亲手杀死一个日本哨兵，缴获了一杆“三八大盖”和几颗手榴弹。

海明威行动之迅速，身手之敏捷，让向导惊讶得目瞪口呆。

海明威向向导讲起了自己在欧洲战场上，参加第一次、第二次世界大战抗击德国法西斯的经历。说着，海明威捋起衣袖、裤腿，只见身上布满了累累伤痕。海明威说道：“身上这些伤疤共有236处，这些伤疤都是在战场上留下的印记。”

突然，向导指着海明威的胳膊，惊讶地说道：“您负伤啦！”

只见海明威胳膊上被铁丝网刮破了一大块皮，鲜血淋淋。海明威笑道：“这是第237块伤疤了，这是中国之行，打小鬼子留下的最好纪念啊！”

海明威的这次中国之行，共有三个多月，中国军民在战场上痛击日本侵略者的英雄气概，给了海明威很大的鼓舞和力量。回国后，海明威在《纽约时报》《华尔街日报》等美国报纸上发表了一系列在中国战场上的见闻，揭露日本侵略者在中国犯下的滔天罪行。海明威的报道在读者中引起强烈反响，人们掀起了声势浩大的反战大游行。

一些极右势力恨之入骨，他们给海明威寄去了恐吓信，妄图阻止海明威的报道。面临凶恶险境，有朋友劝他不要报道了，以免招来杀身之祸。海明威大义凛然地说道：“用事实说话，这是一个记者的良知和良能，如果被恐吓信就吓倒了，他们也太小瞧我海明威了，我身上的这237块伤疤，可不是美丽的纹身。”

海明威一身凛然正气，令朋友不禁肃然起敬，人们亲切地称他是“良知和良能”的战地记者。

轻盈与轻薄

美国著名影星玛丽莲·梦露，很小的时候，就表现出精湛的表演天赋，长大后，其演技日益成熟，成为美国观众所喜爱的著名影星之一。

一次，梦露与摄影师戴维·康纳走在纽约街头。突然，地下管道喷出一股热气，梦露刚好走到那里，将她洁白的裙子吹了起来，梦露赶紧用双手去按住裙子。

康纳眼疾手快按下了相机的快门，拍下了这张照片：梦露的裙子被吹得像张开的喇叭，面对镜头，她用双手去按住吹开的裙子，两眼闪现出一丝惊慌，而又不失妩媚。

这张照片，成为康纳最为欣赏的照片之一，他说，这张照片，表现出梦露轻盈的一面。这张照片后来刊登在《纽约时报》上，成为梦露最为经典的一张照片，并被许多年轻女性竞相模仿。这个造型一摆出来，人们立刻就会想到的是玛丽莲·梦露。

1951年，玛丽莲·梦露为《花花公子》拍摄了一张照片，照片上，梦露侧躺在沙发上，两眼微阖，嘴角微翘，尽显醉眼蒙眬的媚态和挑逗。这张照片刊登后，受到影迷的强烈批评，认为这张照片表现出梦露轻薄的一面，与人们心目中的美好形象大相径庭。

梦露十分后悔拍摄了这张照片，这张照片成为她心中最大的痛。后来，梦露再也没有为《花花公子》拍摄过照片。

人们记住的是玛丽莲·梦露轻盈的样子，那张照片，成为她生命中的永恒；忘记的是玛丽莲·梦露轻薄的样子。轻薄，永远只是昙花一现，稍纵即逝。

等待和希望

英国科学家从澳大利亚土著居住区，邀请来15名土著人到英国做客。英国科学家们将让这些土著人尽情享受现代文明成果，让他们住五星级酒店，坐飞机、地铁、轿车，逛公园、商场、马路、游乐场。

开始，这些土著人根本不适应这样的生活，整天嚷着要回去。三个月过去了，这些土著人再也不愿意回到过去那种近似原始状态的生活了，他们觉得这种生活很美好。

科学家们说，开始他们还担心这些土著人适应不了这种现代文明生活。但经过等待，这些土著人终于适应了这种现代文明生活。等待，是一个过程，这个过程尽管充满焦灼，而又令人不安，但只有等待，才会等来了希望。

科学家们终于顿悟道，对于这些土著人来说，也不能抵御现代文明的诱惑，文明，是人类共同向往和追求的目标。

老舍先生在《猫》一文中有这样一段精彩描述：猫的性格实在有些古怪。说它老实吧，它的确有时候很乖。它会找个暖和的地方，成天睡大觉，无忧无虑。什么事也不过问……可是，它听到老鼠的一点响动，又是多么尽职。它屏息凝视，一连就是几个钟头，非把老鼠等出来不可！

老舍先生对于猫捉老鼠前的等待，刻画得入木三分，跃然纸上。对于猫来说，要想捉到鼠洞里的老鼠，必须要等待，只有等待，才会有希望。

孩提时，看法国著名作家大仲马的小说《基督山伯爵》时，给自己留下了深刻且难忘的印象，特别是在小说的末尾基督山伯爵在给一对年轻恋人写的告别信时，有这么一句话，一直记忆犹新。

信中说："我心爱的孩子们，你们要快乐幸福地生活下去，而且永远不要忘记，在上帝为我们揭示未来之前，人类的所有智慧就包含在这两个词里——等待和希望。

人生中，正是有了这一个一个的等待，才有了充满希望的华美。等待的过程，也是蓄势待发，枕戈待旦的过程，当电光闪现，也就有了希望的光明。

·轻蔑与敬畏

19世纪末期，林肯总统做出了建设太平洋铁路的重大决策。太平洋铁路是美国近代工业化的标志性产物，这一壮举宣告了美国大陆在经济运行上开始连成了一片，标志着美国经济建设进入狂飙发展时期，并推动美国经济迅速崛起为世界经济大国。

在修建这条铁路时，有一万多名华工参与了这条铁路的建设。可是，这些华工在当时被当局根本瞧不起，在险要地段、开通隧道、爆破山腰等危险地段上，他们就让那些华工来建设。

在铁路建设初期，林肯总统来到铁路沿线视察。他指着一些建设者问道，他们都是哪里的人？

随从告诉他，那些是华工，他们只是从事一些简单的苦力。随从的眼神里露出满是轻蔑的神色。

林肯总统轻轻“哦”了一声，一言没发，从那些劳工身边默默走过。

后来，在修建这条铁路时，发生了巨大的灾难。接近5个月的暴风雪致使雪崩频发，铁路建设被迫停工。

林肯总统心急如焚，他再次来到铁路沿线视察。看到因天气恶劣，几乎没有人在施工。一路上，林肯总统心情感到格外沉重。突然，他看到在一处险恶地段，还有一些人在埋头施工。他惊讶地问道，那些还在施工的都是些什么人？

随从告诉他，那些是华工，他们只是从事一些简单的苦力。

林肯总统听了，惊讶地说道，他们真了不起，只有他们还在这样恶劣的环境下施工，如果没有他们建设，这条铁路不知要什么时候才能建成。说罢，林肯总统涉过泥泞的沼泽，来到那些华工中间，双手紧紧地握着华工们的手，感激他们的忍辱负重，任劳任怨，帮助美国修建铁路。

离开时，随从不解地问道，总统先生，他们都是些普通华工，您干吗对他们这么尊重？

林肯总统严肃地说道，不，他们很伟大，如果没有那些华工，太平洋铁路建设将永远只能成为图纸上的蓝图。对他们，我们只能充满敬畏，任何漠视和轻蔑，都是一种渎职和犯罪。

随从惭愧地低下了头。

横眉与俯首

公元前496年，斯巴达率领几十万大军攻城掠寨，长驱直入，雅典城危在旦夕。

斯巴达将军眼看胜利在望，以为大功告成了，竟带上几个随从，到附近一处避暑山庄游玩去了。

斯巴达将军手下有一名大将，这名大将与斯巴达将军曾经是一起出生入死的兄弟。在一次战斗中，这名大将曾冒死救过斯巴达的命。斯巴达说，我俩是生死相依的好兄弟。

总攻雅典的战斗即将打响之际，这位大将发现斯巴达将军竟与随从游山玩水去了，他不禁心急如焚。他刚得知消息，雅典城的援军正从外围几个方向急速赶来，如果再耽搁，攻打雅典城的缜密计划将化为泡影。

他立刻策马飞奔，找到了斯巴达将军。他拔出宝剑，横眉怒视道，将军阁下，雅典城的援军正在赶来，你却在这里逍遥自在，贻误了战机，看我不砍下你的脑袋！

手下的人大惊失色，他这不是犯上吗？如此不懂尊君之道，岂不要被杀头?

就在斯巴达将军手下惊魂未定之际，眼前一幕令大家大吃一惊。只见斯巴达将军翻身下马，跪在那个将军的马前，哀求道，求大将饶命，我马上下令攻城，我将亲自率军攻城，攻不下城池，我提着脑袋来见你。

这位大将将宝剑插回剑鞘，正色道，好吧，念你我兄弟一场，暂且饶你一命，赶紧下令攻城吧!

进攻的命令下达后，斯巴达将军挥刀跃马，冲在最前面。斯巴达的军队，以摧枯拉朽之势，迅速攻进雅典城。

战斗胜利结束，斯巴达将军在庆功仪式上，低眉对那位大将说，这场战争的胜利，最大的功臣是您，如果没有您横眉拔剑指向我，肯定会贻误了战机，我愿意今后随时听从您和手下人的横眉！横眉就是最大的监督和正义。

大将说道，我们是兄弟，是兄弟，就应该光明磊落，肝胆相照!

从此，斯巴达的军队，成为一支纪律严明、战斗力强的军队。斯巴达将军的横眉与俯首，不仅没有削弱斯巴达的威望，反而鼓舞了士兵的士气，使他的军队成为一支骁勇善战的军队。

生命的笑容

在互联网上，看到这样一组感人的画面，画面的题目是：生命的笑容。

英国伦敦一名44岁的女子，被查出患了乳腺癌。她回到家，笑着对自己6岁的女儿说了病情。她说："为了治病，妈妈的容貌马上要有所改变，现在请女儿为自己做一件事，那就是请女儿帮助自己把一头秀发剃掉。"

女儿听了，高兴地答应了。于是，6岁的女儿双手拿着剃须刀，开始帮妈妈剃头。小姑娘笨手笨脚的，把妈妈的头发剪的丑陋不堪。母亲从镜子里，看到自己的头发被女儿剪成"阴阳头，"忍俊不禁，与女儿嘻嘻哈哈，互相逗笑。

这充满温暖、甜蜜的画面，感动了无数网友的心。当死神向你露出狰狞、恐怖的面容时，依然以灿烂的笑容面对，展示出生命的坚强和勇敢，这是一种积极、乐观、向上的生活态度。

美国宾夕法尼亚州一个12岁的小女孩儿，被查出患有进行性肌肉萎缩症，这种病，被称为超级癌症。

小女孩儿得知病情后，脸上露出羞涩的笑容。她说："哇，这病可真厉害呀，都是'超级级别'的了，看来，只能让超人来对付它了。"

于是，她开始把自己打扮成一个超人模样，用超人的语言和动作，表达出对这种疾病的蔑视和不屑；在家里，爸爸、妈妈也常常打扮成超人模样，向她展示出力量和勇气；邻里小朋友，也常常打扮成超人模样，给她信心和力量。

小女孩儿虽得了可怕的疾病，但是她没有露出一丝胆怯。小女孩儿诙谐、幽默、轻松的生活态度，感动了无数网友的心。

新西兰惠灵顿一个66岁老太太，被查出患有脑萎缩症，这种病发展下去，所有的人她都会不认识了，包括她自己。老太太得知这种病后，哈哈一笑道："哇，这病可真厉害呀，那我可要把我的亲人用心好好看一下，不然到时我有许多人都不认识了，那多遗憾。"

于是，老太太每天将自己打扮的漂漂亮亮的，走到每一个熟悉的人面前，深情地拥抱着每一个人，然后捧起对方的脸，在对方额头上深情地一吻，说道："我记下了你的容貌，记在心里了，永远不会忘记的！"

就这样，老太太用心去记下每一个熟悉的人，她要赶在疾病恶化之前，将熟悉的人都永远刻在心里，即使脑萎缩了，心里却还明亮如镜，心是不会萎缩的。老太太用这种独特的方式，表达对生活的感恩和爱。

生命的笑容，是人生的一种态度，这种态度，给人以无穷的信心和勇气。人生可以被打倒，但决不能放弃笑容。笑容，永远是人生昂首挺立中最优美的姿态。

疼痛的雕塑

法国著名雕塑家沃尔蒂，在创作中，大胆突破，题材新颖。他新近创作了一组雕塑作品，这组雕塑作品在马赛市政厅一展出，立刻引起轰动，参观者络绎不绝，摩肩接踵。人们在这一件件雕塑作品中流连忘返，驻足细看。这些雕塑作品，严格意义上讲，还是半成品，还没有完全完工，但就是这些像是没有完全完工的半成品，却给人带来无穷的想象和思考。

这尊雕塑是一个年轻的男子，他一手拿着凿子，一手拿着锤子，在自己腿上雕凿。他的上半身已雕塑完成，可以看出，一个十分刚毅、英俊的形象已见雏形。只是，他的下半身还是一件粗糙的大理石，他正在一点一点地雕凿自己的下半身；

这尊雕塑是一个年轻的女子，她一手拿着凿子，一手拿着锤子，她已将自己的上半身雕凿好，可以看出，在她的精雕细凿中，已将自己雕凿成一个丰腴、苗条的女子，但是，她的下半身，却还是一个肥硕的大理石；

这尊雕塑是一个少年，他也一手拿着凿子，一手拿着锤子，他已将自己的一半身体雕凿好，可以看出，他的侧面是一个风华正茂的少年，但他的身体另一半还是一个粗糙的大理石；

…………

这些看起来似乎只是一件件半成品雕塑作品，但却给人一种“增之一分则太长，减之一分则太短”的意境。看着这一件件雕塑作品，人们心里似乎有一种疼痛感，这种疼痛，从皮肤痛到心里，又从心里痛到筋骨。那一手拿着凿子，一手拿着锤子，在自己身上雕凿的雕塑作品，仿佛就在我们每一个人身上雕凿，一点点“劳其筋骨，饿其体肤”。是啊，我们每一个人在成长，不正像这一件件雕塑作品，开始总是那么不完善，在成长中，才一点点得到成功、一点点走向完美吗？

法国《欧洲时报》在报道中指出：沃尔蒂的雕塑作品魅力就在于揭示这样一个道理：我们每个人的一生其实都在不停地雕凿自己，谁都没有一蹴而就的成功。雕凿自己，就是在疼痛中，不断完善自己，改善自己；在疼痛中，展现出一个崭新的自我。

疼痛是生命的一个必然过程。没有疼痛的生命，就不是一个健康的生命。疼痛，才会引领我们日臻完美；在疼痛中，我们的生命，才会得到升华。

乌云的银边

1941年,被德国法西斯攻占后的巴黎,笼罩在一片腥风血雨中。昔日繁花似锦的巴黎郊外小镇吉维尼,已是满目疮痍,残垣断壁。

小镇的居民,每天生活在食物短缺、枪炮阵阵的恐惧之中。偶尔从街道上匆匆走过的大人和儿童,眼睛里流露出的满是惊悚的神色。

这天天刚蒙蒙亮,小镇居民就被远处传来的一阵巨大爆炸声给惊醒。人们纷纷将头探出门窗外,观察是从哪里发出的巨大爆炸声。

就在人们的惊恐不安中,大家突然发现街道上出现了许多气势汹汹的德国士兵,这些德国士兵将小镇的居民从家中纷纷赶了出来。说是刚刚有抵抗分子将德国营地里的军火库给炸了,他们这是在搜查抵抗分子。

小镇的居民很快被赶到一处空地上,四周全是荷枪实弹的德国士兵。天空上,翻滚着大块大块的乌云,好像要把小镇碾成粉齑;空气中,散发出令人窒息的气味。一场杀戮即将发生。

一名德军上校色厉内荏地要小镇居民交出炸毁德军军火库的抵抗分子,否则,要将小镇的居民全部枪毙。

小镇的居民们神情冷漠地注视着德国士兵,没有一点声响,就连小孩儿,也没有发出一点哭泣声。黑压压的乌云,上下翻滚着、搅动着,四周变得一片昏暗。

时间一分一秒地过去了,还是没有人交出所谓的抵抗分子。德军上校气急败坏地命令一名德军上尉朝人群开枪。屠杀开始了。

上尉好像没有听到命令,面色冷峻地一动没动地站在那,像一截树桩。德国上校大为恼火,他再次命令上尉开枪。

沉寂,四周如死一般地沉寂。突然,令人意想不到的一幕发生了:只见德军上尉突然将卡宾枪的枪口对准了自己的脑袋,猛地抠动了扳机,德军上尉重重地仰面倒在了地上。

德军上校和士兵们全部僵在那里,一个个呆若木鸡,显然他们被眼前突如其来的一幕给打蒙了,不知所措。小镇居民也被眼前发生的一幕震惊了,有人在胸口不停地画着十字。

德军上校面如死灰,他仿佛预感到什么,恶狠狠地瞪了人群一眼,然后神情沮丧地挥手命令士兵撤退。几个士兵神色黯然地抬起上尉的尸体,一个个像打了败仗似的,默默无声地走了。

一场残酷的血腥杀戮避免了。小镇上的居民在庆幸自己躲过一场杀戮的同时,不禁为刚才那名德军上尉以死抗命的正义和勇气肃然起敬。如果没有那名德军上尉以身殉难,那么,不知有多少小镇上的居民,惨死在法西斯的枪口之下。

阳光从乌云边上的缝隙中钻了出来，那乌云的边上，似乎镶嵌了一轮银边，闪烁着银色的光芒……

二战结束后，吉维尼小镇的居民，在当年那名德军上尉殉难的地方，雕塑了一尊那名德军上尉的塑像。在塑像的碑文上，雕刻了这样一行字：军人以服从命令为天职，军人的血性是在战场上呐喊和厮杀。当上司命令将枪口对准手无寸铁的平民百姓时，这名德军上尉的做法，仿佛让我们看到了乌云的银边，感受到了正义和良心的光芒。这是一名真正的军人。

第五辑

没有晚安会多余

人们的耳旁，似乎一遍遍回响着晚安。那一声声晚安，像一首首美妙、动听的小夜曲，在人们心里久久缠绵着、涟漪着……

如果说爱情真的还有什么保鲜的秘诀，那一声声晚安，就是爱情最好的保鲜的秘诀。爱情的天长地久并不是美丽的誓言，那70年如一日的一声晚安，就已诠释了一切。

圣詹姆斯花园31号

康姆通街是伦敦一条著名的老街，随着伦敦的建设和发展，这条老街同样面临着改建和扩建的形势。

2012年，伦敦设计规划部门，对这条老街重新进行设计和规划，改建后的康姆通街，将成为一条更加新颖、美观的现代化大街。据预测，这条街道建成后，不仅能带动沿街的房地产市场，而且还将带动当地旅游、酒店、商铺等行业的发展。

听说这条老街将被拆迁改建，沿街两旁的住房价格，立刻直线上扬，沿街居民高兴地说道，这下我们可要发财了。

这条街道上圣詹姆斯花园31号，是当年中国老舍先生1924年至1929年在伦敦5年居住、教书的地方。这幢房屋真实、完整地保留了老舍先生在伦敦那段时间的教学、生活，这对于研究老舍先生在伦敦那段历史，将是十分珍贵的历史文物。

房东琼斯太太已是六十多岁的人了，这幢房屋是当年她曾祖父留下来的。从小，她就听母亲说起老舍先生居住在这里的故事，并由此爱上了中国文化，她能说一口流利的汉语。屋子里一直保留着老舍先生当年生活、起居的场景，琼斯太太每天认真打扫卫生，屋子里纤尘不染。仿佛老舍先生并没有走远，一直在这里生活、学习。

当听说这条街要进行改建后，琼斯太太夜不能寐，她想，如果这幢房屋拆迁后，不仅自己能改善居住环境，而且还能得到一大笔补偿款，这可是十分幸运的事。但是，这可是老舍先生居住过的地方啊，老舍先生在这里不仅创作了大量的文学作品，而且为培养英国学生，做出了大量的贡献。如果就这样被推土机一下推成残瓦碎片，也就将老舍先生在伦敦的历史彻底毁掉，也将记忆从人们的脑海里彻底抹去。

想到这儿，琼斯太太再也坐不住了，她专程来到伦敦设计规划部门，反映了这幢房屋的历史，并拿出了大量的文献资料和图片，向人们讲述了老舍先生在圣詹姆斯花园 31 号生活的故事。

设计规划部门深感震惊，他们为自己疏忽而自责。他们立刻重新设计，将这条街在圣詹姆斯花园 31 号拐个弯，专门保留了圣詹姆斯花园 31 号。虽然重新设计的康姆通街改建没有开始那么美观了，但却保留了一个重要历史文物实料。

他们说，城市的历史需要积累，也需要表达，不仅要写在地方志和史书上，更需要写在人们“看得见、摸得着”的地方。文物是不可再生、不可复制的，一旦毁掉，其损失无法弥补。拆除，是一种城市规划和发展的需要，而保护和修缮，更是一种先进理念和进步。

如今，康姆通大街成为伦敦一条主要繁华的商业街，圣詹姆斯花园 31 号依然保留在这条大街上。每当有游客走了进来，琼斯太太便会热情地向人们讲解着老舍先生在圣詹姆斯花园31号生活的故事。

触景生情。随着琼斯太太抑扬顿挫的讲述，人们仿佛看到老舍先生正在这里安静的写作、教书，感受到先生那颗火热的心跳……

据伦敦旅游部门统计，这条街由于保留了老舍先生居住过的故居，不仅没有影响旅游收入，反而带动了地方经济，吸引了更多的人前来观光、游览。

一枚迟发了70年的勋章

库达姆大街是柏林西城区一条具有200多年历史的著名商业街,这条街,有许多经典建筑,每幢建筑,可以说就是一个凝固的音符,它是柏林人的骄傲。

令人意想不到的是,这条著名的商业大街,在二战时,差点毁于炮火的轰炸,因意外事件发生,才侥幸得以保留下来。

二战时,苏联红军从伟大的卫国战争中转入战略反攻。在进攻柏林时,躲藏在库达姆大街楼房里的德军狙击手不时向外射击,给苏联红军生命造成严重威胁,阻碍了苏联红军推进的速度,苏联红军前线指挥部将军们非常着急。

夜幕降临。苏联红军炮兵上尉瓦西里接到上司的命令,要求炮兵将炮口对准库达姆大街,将库达姆大街炸平,为部队进攻扫清前进的障碍。

瓦西里接到命令后,脸上闪过一丝震惊,他没有马上下达命令,好像在思考着什么。库达姆大街他太熟悉了,在上学时,他就从课本上了解了这条举世闻名的大街,那时他就想,将来有机会一定要到库达姆大街看看。

战争爆发后，瓦西里参加了苏联红军，当上了一名炮兵，由于表现英勇，在攻打柏林的前几天，他被任命为炮兵上尉。当他随炮团开赴柏林郊外后，看到近在咫尺的库达姆大街，他感到十分兴奋，他恨不得一步跨入库达姆大街，好好欣赏一下这条著名的商业大街。可是，由于战争，库达姆大街正被战火笼罩着。

突然，他从电话里接到上司的命令，要求炮兵将炮口对准库达姆大街开炮，消灭躲藏在库达姆大街楼房里的德军狙击手，加快苏联红军前进的速度。

鬼使神差中，瓦西里没有遵守上司的命令，而是命令炮兵将炮口抬高10厘米发射。顿时，排山倒海的炮弹呼啸着从库达姆大街上空飞过，炮弹闪烁着愤怒的火焰，照亮了整个库达姆大街上空，那亮光，震撼人心。躲藏在库达姆大街楼房里的德军狙击手看着从天空飞过的炮弹，吓得目瞪口呆，不知所措。趁着狙击手发愣的间隙，苏联红军迅速通过了库达姆大街，直扑希特勒躲藏在柏林的地下巢穴。

战争结束了。瓦西里和士兵们来到库达姆大街，与柏林市民一起欢呼战争的胜利，欢庆这来之不易的和平。徜徉在库达姆大街，瓦西里非常兴奋，兴奋之中，他顺手掏出随身携带的匕首，在一面墙上刻下一行字：炮兵上尉瓦西里，1945年5月。

因为瓦西里没有服从上司的命令，擅自更改命令，战后，瓦西里没有受到任何表彰，甚至连一枚卫国战争勋章也没得到，就被解甲归田了。他回到俄罗斯弗拉吉米尔州的乡下，以伐木为生，他也从来没有向人谈起发生在自己身上的故事。

令瓦西里没有想到的是，当年他在库达姆大街随手刻下的一行字，却成了库达姆大街重要文物保护景点。当年瓦西里无意间的一刻，却刻下了一段传奇的故事，这个故事，成为库达姆大街不朽的见证。柏林市民无比感激那个叫瓦西里的苏联红军炮兵上尉。正是因为他擅自更改命令，才使得库达姆大街得以在战火中保存下来。

那个生活在弗拉吉米尔州乡下的瓦西里，如今已是一个93岁的耄耋老人了。2015年5月，在俄罗斯克里姆林宫广场庆祝二战胜利70周年阅兵仪式上，瓦西里被邀请到阅兵广场，他被颁发了一枚卫国战争勋章，这枚迟发了70年的勋章，终于戴在了瓦西里的胸前。人们这才知道，这个垂暮老人，就是当年进攻柏林时，擅自更改命令的炮兵上尉瓦西里

在阅兵留言簿上，瓦西里用颤抖的手，郑重地写下一行字：炮兵上尉瓦西里，2015年5月。

困境也是一个人的隐私

爱玛一生下来，就是一个与众不同的孩子。她患有先天性的进行性肌肉萎缩症，四肢弯曲，口眼歪斜，嘴角还不时流淌着口水。

母亲索菲亚擦去眼角的泪水，将爱玛紧紧抱在怀里，哽咽地说道，孩子，你可是上帝赐给我最美的礼物，别怕，有妈在，就有你在。

人们常常看到，在通往医院的那条路上，索菲亚抱着女儿爱玛匆匆往返于医院和家里。寒来暑往，从没间断。阳光照在怀抱孩子的索菲亚的背影上，尽管显得很孤单、憔悴，但却充满了坚强和无畏。

由于长期给孩子治病，生活陷入到十分困难的境地。但这一切，索菲亚从来没有对人诉说过，她将生活的重担默默地扛在肩上，对爱玛倾注了无尽的母爱，她盼望爱玛能一天天的好起来，能像健康孩子一样上学、玩耍。

爱玛一天一天地长大了，尽管扭曲、歪斜，但她依然艰难前行着。

一家网络公司不知从哪里得知索菲亚家里的情况，他们想帮助索菲亚母女走出困境。于是，他们派出记者前来采访，想用最真实的画面打动观众，让观众献爱心。

他们一行来到索菲亚家，在索菲亚那简陋的家里四处拍照起来：他们拍餐桌上的剩菜剩饭、拍空荡荡的冰箱、拍厨房里的坛坛罐罐。他们拍她的女儿爱玛和索菲亚，拍得非常仔细、认真。

几天后，索菲亚家里突然来了许多人，这些人拎着大包小包，有的还送上一沓钞票。这些人来了，还是到处拍照，有的还搂着爱玛，摆出剪刀手。索菲亚惊讶地问道，你们这是在干什么？

那些人说我们从网上看到你们的情况后，对你们家的境况深表同情，特意从很远的地方赶来的。

索菲亚听了，感到不可思议，她问道，网上怎么会有我家的照片？

那些人看到索菲亚一片茫然的样子，就打开手机，搜到那些照片。

索菲亚惊呆了，只见网络上，有许多爱玛和她及她家的照片。那些照片，像锥子一样，深深地刺痛了她的心：女儿爱玛的脸部特写镜头，显得是那么丑陋、扭曲。索菲亚竭力想着这些照片是谁拍摄的，终于，她想起来了，前几天有几个人到了她家到处拍摄，她制止不了，原来，他们是来拍摄她家的困境，是想让人们来献爱心。

索菲亚愤怒了，她将那些人轰了出去，大声嚷着，我们不需要你们的帮助，我们的日子过得很好！

那些人不解地悻悻地离开了。

可是，那些人刚走，又来了一拨人，那些人同样拎着大包小包的，还有的送上一沓钞票，然后，还是拍照，还是摆出剪刀手。索菲亚将那些人轰了出去，大声嚷着，我们不需要你们的帮助，我们的日子过得很好！

那些人不解地悻悻地离开了。可那些人刚走，又来了一拨人……

索菲亚平静的生活被彻底打乱了，她感到无比气恼。走在大街上，她常常看到有人对她指指戳戳，还悄悄地说道，就是那女人，她家里很穷，还有一个残疾女儿。

女儿爱玛放学回家，哭着说，她再也不想上学了。她说，同学在网上，都看到了她的照片，说她长得像个丑八怪。

索菲亚感到无比气愤，她一纸诉状，将那家网站告到法庭，要他们从网上删去那些照片，并赔礼道歉。

网站老板感到很不解，他们本想利用网络媒介，唤起更多的人帮助她，没想到，她却反而将他们告上了法庭。

法庭如期开庭，经过控辩双方激烈辩论，法庭当庭宣判：网站向索菲亚女士赔礼道歉，并删除网络上的所有照片。法官严肃指出，困境也是一个人的隐私。擅自曝光她人的隐私，就是一种严重的侵权行为，粗暴践踏别人的尊严。

网站老板最后诚恳接受法庭裁决，表示服从法庭的判决。

索菲亚和女儿爱玛的生活，又回归到平静之中。虽然依然艰辛，但她们感到很充实、很快乐！

流泪的写真集

加拿大摄影师布莱恩·亚当斯只身来到阿富汗英军对塔利班作战前线，为多名在战争中受伤的英军士兵拍摄了一本写真集。这本写真集一出版，立刻引起了世人的广泛关注。看着这一张张受伤士兵的写真集，不仅丝毫引不起人们的美感，反而使人们的心仿佛在流血、在疼痛。通过这一张张受伤士兵的写真集，人们对战争的残酷性深感震惊。

这张受伤的英军士兵，穿着军服，神情呆滞地坐在凳子上，他的两条腿、一只胳膊全被炸掉了。再仔细看，更让人揪起心来，只见这名受伤英军士兵的鼻子和嘴唇都被炸掉了一半，变得丑陋、扭曲。

这张受伤的英军士兵，用一只胳膊支撑在地上，他的另一只胳膊被炸掉，他将军裤撕开，将他的一条腿裸露出来，只见这条腿，从大腿根部，一直到小腿，腿上的肌肉几乎全被炸掉了，只剩下触目惊心的伤疤。

这张受伤的英军士兵，坐在轮椅里，他的四肢全被炸掉了，现在安上了金属假肢，整个人像一个钢铁侠。

这张英军士兵，他不仅两条腿全炸掉了，而且他的两只眼全炸瞎了，只剩下空洞的眼眶。

…………

这一张张受伤的英军士兵写真集，仿佛泊满了战火的硝烟，炸弹的轰响，在这战火的硝烟，炸弹的轰响中，回响着一个个生命的呐喊。是的，这就是战争。如果对战争的残酷性还不了解的话，那么，请看一看这本英军士兵写真集，它会让你对战争的残酷和狰狞，有一个全新的认识，并让你眼里噙满了泪水。

美联社记者安德森在报道中指出，这本受伤的英军士兵写真集，仿佛是无声的呐喊，它呼吁人们要珍惜和平，反对战争。这是一本流泪的写真集。

剧本里的木偶

卡乔马住在巴西里约热内卢的一个贫民窟里，贫民窟坐落在半山腰，一路之隔的地方，就是闻名的富人区。他常常站在小棚子搭建的家门口，眺望着高耸入云的耶稣像，边疯狂地跳着桑巴舞、边疯狂地击鼓，抒发着心中的郁闷和惆怅。

卡乔马每天在康斯汀大街靠卖艺过活。他边舞蹈边击鼓，鼓声悠悠，鼓声缠绵，鼓声流淌着他对美好生活的向往和憧憬。可是，要想改变贫困的现状真的很难，生活在贫民窟里的人，很难走进富人区，尽管只有一街之隔，但却仿佛隔着千山万水，望不到尽头。

一天，卡乔马照例在康斯汀大街一家商场门口卖艺。从他面前走过的人大都行色匆匆，很少有人停下来观赏，或者施舍他几个小钱。他面前的铁罐里还没有几枚硬币，看来今晚又要挨饿了。

突然，一个衣冠楚楚的人来到他面前停了下来。那人从口袋里掏出一张花花绿绿的美元，笑吟吟地递了过来。卡乔马抬眼一看,不禁惊讶万分:这不是大名鼎鼎的大富豪亨尼先生吗?亨尼先生不仅是一名知名企业家,而且还是一名慈善家,报纸、电视上常常报道他扶危济困,乐善好施的事迹,他被人们称为“大善人”。过去只是在报纸、电视上看见过大富豪亨尼先生,没想到,今天自己不仅亲眼见到了,而且亨尼先生还递给自己一张百元美钞,这可是自己半个月辛辛苦苦的收入啊,亨尼先生真的不愧是个名副其实的大善人啊。

卡乔马激动万分,脸上露出谦卑的笑容,伸出双手去接,嘴里还不停地说着感激之类的话。

亨尼先生看到卡乔马伸过来手,赶紧把手缩了回去,他用手指了指旁边,示意卡乔马往旁边看。卡乔马感到很疑惑,他往旁边一看,只见几个手拿照相机、摄影机的人正朝他这边拍照。卡乔马不解地问:“他们在干什么?”

亨尼先生诡异一笑道:“他们都是跟随我拍摄报道的记者。现在,请你面向镜头,眼含热泪,双手接过我手中的美元,这100美元就是你的啦。”亨尼先生语气里满是高傲和轻蔑。

卡乔马听了,脸色立刻拉了下来,他气愤地说道:“我是穷人,可我是卖艺为生,你要给就给,不给就走远点,我可不是你剧本里的木偶。”

听了卡乔马一番话,亨尼感到好尴尬,没想到自己只不过叫这穷人配合一下,却招来他这么大的反感,真是不识好歹。亨尼将手上的美元收起来,对着那帮记者挥挥手,悻悻然走开了。

几天后,亨尼接到法院的一份传票,说有一个叫卡乔马的人控告了他,叫他到法院来接受应诉。亨尼感到很疑惑,他不知道卡乔马是谁？这人为什么要控告他？

到了法庭，亨尼才想起来，原来是那个街头卖艺的，当时他不仅没有接过自己的100美元，而且还很反感他让记者跟踪拍摄的做法。亨尼脸上露出一丝不易察觉的嘲笑，他想，他一个穷人，和自己打官司，真是太不自量了，那只不过是自己一次成功的商业策划，没有什么值得大惊小怪的。

随着法庭开庭，亨尼听了卡乔马对自己的起诉书，不禁心虚的冒出阵阵冷汗。卡乔马在起诉书说，自己靠卖艺为生，虽然很穷，没有钱，但并没有什么自卑和好笑的，生活本来就是不公平的，这个世上有富人，就有穷人。富人拿出一些钱来救助穷人，乐善好施，理应值得赞扬和肯定。可是，如果将钱拿来救助穷人，当作是对别人一种施舍和嘲弄，那就是对穷人人格的一种蔑视和蹂躏。亨尼先生带着一行记者在街头，看到有穷人，掏出钱来给穷人，还要穷人摆出热泪盈眶的样子让记者拍照，这是对穷人人格的粗暴践踏。这种按照剧情导演的施舍，本身就有悖慈善的初衷，亨利先生贸然要我当他剧本里的木偶，打乱了我平静的生活。为此，我要求亨利先生在法庭上，向我公开赔礼道歉，并赔偿1美元，以示对亨利先生的警告。

最后，审判长乔杜里义正词严的指出，亨利先生打着慈善的旗号，与记者一同前行，拍摄下他所谓的慈善画面，以达到高调宣传自己的目的。而他这种高调慈善，实际上是为了达到个人某种目的，让别人来当剧本里的木偶。慈善是心灵最纯洁的绽放，任何带着功利色彩的慈善，都是对慈善尊严的践踏和亵渎。

法庭当庭宣判，亨利先生必须要向卡乔马赔礼道歉，并赔偿

1美元;如果不服法庭判决,可以向高级法院上述。

听完审判长乔杜里的控词,亨利先生面带愧疚的神色,表示诚恳接受法庭的判决。他说:“卡乔马先生说得没错,事先,我向新闻媒体通报,就是为了大造声势,让那些人成为我剧本里的木偶。其实,表面上看我在做慈善,实际上是在亵渎慈善的尊严,让慈善披上了一层虚假的外衣,这是人性的泯灭。慈善永远是黑夜里的一盏灯火,给人以温暖和力量,而不应该有任何功利色彩。”

托马斯的“黑匣子”

托马斯是美国休斯顿一家著名电气商，同时，在房地产开发、石油、铁矿、零售、药品等领域，都有工程和项目。经过几十年的打拼，托马斯从昔日一个穷小子，成为一个腰缠万贯的亿万大富豪。

托马斯常常到一些大中专院校给学生们讲励志人生课。人们从他感人肺腑的演讲中，深受启发，他成为许多人学习的榜样。

托马斯有钱了，但他心地善良，常常扶危济困，乐善好施，他常常向慈善机构捐款捐物，他被人称为“爱心天使”。当地报纸、电视等媒体上，常常看到托马斯的名字和他接受访谈时侃侃而谈的神采。人们看到的是托马斯坦荡的胸怀和那洒满汗水的奋斗足迹。

那张托马斯在福利院抱起残疾儿童亲吻的画面，温暖并感动了许多人。这张照片摆放在他们公司大门的正中央。每当人们从这里经过，看到这张温暖人心的照片，内心里总是荡起层层涟漪和缠绵，心中溢满了温暖和感动。

在人们心里，托马斯不仅是一个成功的企业家，而且是一个心地善良的慈善家。就像托马斯所说的人生信条一样，我的人生就是赚钱+奉献，绝不为自己谋一己私利。

托马斯在人们心灵里，充满着圣洁般的美好。做人就应该要做托马斯这样的人，成为许多人的共识。他富了不忘救济穷人，他这样的人，是一个心地无比高尚的人。

2013年7月的一天傍晚，休斯顿弗朗西斯大街发生了一起枪击案。几名歹徒在光天化日之下，开枪打死了一名刚从一家大酒店出来的人。枪击事件发生后，正在街头巡逻的警察迅速赶到现场，并与几名歹徒展开枪战。警察当场击毙两名歹徒，活捉两名。

一场惊心动魄的街头枪战很快平息。但那刺耳的枪声，却在人们耳边久久回响，打破了人们日常平静的生活。人们呼吁警方迅速侦破此案，以平息人们心中的不安全感。

经过审讯，令人感到十分震惊的是，这起事件的幕后指使者，竟是大名鼎鼎的著名电气商托马斯先生。在一个工程项目竞争中，为了除掉他的竞争对手卡尔先生，托马斯派手下的人去刺杀卡尔先生。手下的人拿着托马斯给的巨额赏金，潜伏在酒店门口，当卡尔刚刚走出酒店，就被枪手开枪打死，制造了一起震惊美国的惨案。

托马斯案件，震惊了美国。人们看到了一个所不愿意看到的真相，这个真相，撕裂了许多善良人的心。

托马斯进入商界后，为了把生意做的更大，赚取更多的钱财，他收养了一群打手，如果和竞争对手占不了便宜，就指派他手下的那些人出面，轻则将人家暴打一顿，重则将人家打残，甚至将人家打死。渐渐地，托马斯在商界里有了“黑匣子”的绰号，只要托马斯一出面，人家立刻退避三舍，俯首称臣。

就这样，经过几十年在商界里靠不正当的竞争，托马斯收买地方官员、警察充当保护伞，使他的财富迅速膨胀。急剧膨胀的财富，也膨胀了他一颗不安分的心，他要涉足更多的领域，赚取更多的钱，以满足自己日益膨胀的野心和享受。

托马斯心里十分清楚，他赚来的这些钱财都是不义之财，一旦被人识破和告发，他立刻会原形毕露。为了巧取豪夺，托马斯十分善于伪装自己。为了不让人看清他那丑陋的灵魂，他将自己伪装成一个扶危济困，乐善好施，充满爱心的慈善家。他经常出席一些社会活动，巧舌如簧，侃侃而谈，慷慨解囊。他还当选上了休斯敦慈善协会会长。

检方通过大量事实，指控托马斯为了捞取不义之财，共在幕后指使他人打死了7名竞争对手和知道他底细的人，另外，还打伤、打残18人。随着案件的调查深入，更多案件细节逐步浮出水面。

从检方调查情况来看，托马斯的“黑匣子”以大量事实，真实记录了托马斯的罪恶轨迹，他的罪行昭然若揭。这起案件的审理，将是一场马拉松审判，预计托马斯将会被判终身监禁，并将永远不得保释。

美国《休斯顿邮报》在报道中指出：每个人都有一个“黑匣子”，这个“黑匣子”，永远真实记录着自己人生的真实轨迹。无论一个人如何善于伪装，最终他的“黑匣子”被人打开，他的灵魂将大白于天下。“黑匣子”不可怕，可怕的是“黑匣子”里装满了罪恶、丑陋的勾当。

没有晚安会多余

纽约州水牛城西蒙先生和琼斯太太已是90高龄的人了，两人相依相伴在一起已有70年了，时光流逝，他们从昔日青春洋溢的青年到如今满头银丝的老人。依然像初恋的情人，感情甚笃。

夕阳西下，小区里的人们常常看到西蒙先生和琼斯太太手牵着手，漫步在林荫小道上。夕阳的余晖在他们身上洒下金色的光芒，好像金色的羽毛。看到有青年男女手挽手走了过来，两人总是停下脚步，默默地注视着，脸上露出温暖的笑容。

等年轻人走远了，望着远去的背影，西蒙先生对琼斯太太说，当年你也像那女孩子一样年轻貌美，不过，现在你在我眼里，依然那么年轻貌美；琼斯太太仰起头对西蒙先生深情地说道，当年你也像那男孩子一样，英俊潇洒，不过，现在你在我眼里，依然那么英俊潇洒。说罢，两人都会心地笑了，然后他们的手握得更紧了。

日子就这样一天一天平静地过去了，就像树上的落叶，在空中划出一道优美的弧线，然后悄无声息地滑落在大地上。厚厚的落叶,像披上一层金黄色的地毯,不时有一两片枯树叶在地上翻滚着,给大地增添了一丝灵动。西蒙先生和琼斯太太看着金色的落叶,目光中溢满了柔情。那目光,平静、温暖。

当地电视台夕阳红栏目组邀请两位老人到电视台做节目。主持人问,你们两位老人风风雨雨走过了70年,让我们年轻人都非常羡慕,请问你们婚姻的保鲜秘诀是什么?

两位老人的手紧紧地握在一起,相互凝视着,几乎异口同声地说道,晚安!

主持人几乎没有听明白,疑惑地问道,你们说得是什么?

西蒙先生笑着对主持人说,我们每天晚上睡觉前,都会相互说一声晚安,这一说,就是70年。虽然我们的爱情没有什么轰轰烈烈,但就是这一声平平常常的晚安,却让我们的爱情保鲜了70年。无论白天我们遇到什么不愉快的事,到了晚上睡觉前,都会相互说一声晚安。一声晚安,让我们心情平静地进入梦乡,人生中,没有什么能比睡一个安稳觉,更令人感到幸福的事了。

琼斯太太笑着对主持人说,记得那年我才23岁,白天不知为了件什么事,我和西蒙先生闹了别扭,一整天没有理他,心里一直气呼呼的。晚上,我正要更衣睡觉,西蒙先生忽然对我说了一声晚安!我听了,心里顿时溢满了柔软。淤积在心里的郁闷,顿时烟消云散。我转身对他说了一声晚安!然后睡在了床上。原以为那晚我要失眠了,可是那晚,我却睡得格外香甜。从此,无论我们白天遇到什么不愉快的事,哪怕再生气,临睡前,彼此必定会说一声晚安!一声晚安,一切怨气、牢骚、苦闷都荡然无存。晚安!包容着感激、歉意,还有我爱你!还有什么比一声晚安,更动人、更美妙呢?

主持人这才听明白了些,她动情地说,西蒙先生和琼斯太太的爱情看似平平淡淡,但就在这平平淡淡中,我们看到了一种爱情保鲜的秘诀,那就是没有晚安会多余。晚安是心灵最大的慰藉,它让人看到了尊重、理解、和睦。是的,没有什么比一声晚安,更动人、更美妙了。

人们的耳旁,似乎一遍遍回响着晚安。那一声声晚安,像一首首美妙、动听的小夜曲,在人们心里久久缠绵着、涟漪着……

如果说爱情真的还有什么保鲜的秘诀,那一声声晚安,就是爱情最好的保鲜秘诀。爱情的天长地久并不是美丽的誓言,那70年如一日的一声晚安,就已诠释了一切。

· 危险的信号

总经理马尔多拿着一沓发票来到财务处，他对会计安妮说了声，报销后将钱送到我办公室来。

安妮马上放下手上的工作拿起发票，一张张仔细地核对起来。

马尔多在巴西国家控股的电气总公司所属的子公司任经理，他任经理已有三年了，三年来，在他的管理下，公司业绩有了长足发展，深得电气总公司高层的赏识。马尔多为此充满了信心，力争再用三年的时间将公司的业绩在现有的基础上，再翻两番。

安妮在公司工作两年了，说起来，安妮能到这家公司工作，还幸亏了马尔多。那天在人才市场招聘会上，安妮跑了好几家招聘公司，人家看了她的简历，发现她是刚刚毕业的大学生，就连连摇头，说她没有工作经验。

安妮抱着一大摞简历，蹲在角落里嘤嘤哭泣，显得那么地孤独和无助。

马尔多也来到这里看人才招聘情况，他忽然发现蹲在角落里抽泣的安妮，就走了过去，关切地询问她发生了什么事。

安妮泪水涟涟地将她招聘碰壁的事说了一遍。马尔多听了，说道，你将简历给我看一下。

安妮将手上的简历递了过去，马尔多看了一下，问了她几个财务方面的问题，发现这姑娘学得还挺扎实，就说道，如果你愿意，就到我们公司来工作吧！

安妮一听，不禁破涕为笑。能到这家著名的电气总公司工作，是多少年轻人的梦想啊。

安妮来到公司后，果然不负马尔多的期望，她将公司的财务账目做得十分仔细、认真，从来没有出现过差错，不仅如此，她还将公司过去的呆账，重新盘活了，为公司发展减轻了包袱。安妮工作上所取得的成绩，令马尔多十分赏识。

安妮一张张核对着发票，突然，她发现一张发票上写着两条领带，价格是50巴西雷亚尔。她吃了一惊，心想，马尔多买领带干吗？按照财务规定，她不能报销这张发票，尽管马尔多在发票的背面签上了请报销的字样，但是，如果自己装糊涂，将这张发票报销了，就是自己的失职。她记得在大学里，教授专门说过，作为一名财务人员，就是要严格把关，节约每一分巴西雷亚尔，控制成本，这是一名财务人员的职责。

想到这儿，安妮拿起这张发票，来到总经理马尔多的办公室。马尔多看到安妮进来了，问道，报销好了？

安妮脸红了，说道，还没有，我想问一下，这张发票是怎么回事？

马尔多接过发票，看了一眼，脸上露出一丝不悦的神色说道，这没几个钱,放在那些发票里面一起报销就行了。

安妮听了,脸上露出不安的神情,她急切地说道,不行啊,马尔多先生,这是违反财务纪律的。

马尔多气恼地说道,我说行就行,公司是我说了算,还是你说了算?

安妮眼里顿时噙满了泪水,她不卑不亢地说道,尊敬的马尔多先生,您是公司的总经理,当然是您说了算,但是,对于不合理的财务支出,必须要严格把关,这是财务人员的职责。

马尔多怔怔地望着安妮小姐,将发票往安妮身上一扔,怒吼道,你不要再说了,我说报销就报销!

发票飘落到了地上。安妮看着近乎失态的经理马尔多,轻蔑地看了他一眼,转身从那张发票上跨了过去。

第二天上班,马尔多刚打开办公室的门,就看到安妮小姐跟着进来了。显然,马尔多还没有从昨天的气愤中走出来,他阴沉着脸,问道,有什么事吗?

安妮从口袋里掏出一张纸说道,马尔多先生,这是我的辞职报告!

马尔多接过安妮递过来的辞职报告,说了句,你先放在这,让我考虑一下。

公司监事会得知安妮辞职的原因后,马上向总部作了汇报。结果,总部免去了马尔多的职务,会计安妮小姐被留下来。

公司总部在马尔多免职批文上写道,我们需要企业改革的能人,但我们绝不能用私心重的人。两条领带的事小,但是,从中可以看出他私心膨胀的开始,这是一个十分危险的信号,我们必须要防患于未然。会计安妮小姐坚持原则，不畏权势，这才是我们企业真正需要的人才。

斯卡尔的“悔恨”

加利福尼亚圣塔柯斯小镇的中学生斯卡尔，2009年以优异成绩考取了美国著名学府普林斯顿大学。斯卡尔是圣塔柯斯小镇300多年来，第一个考取著名学府普林斯顿大学的人。当斯卡尔被普林斯顿大学录取后，立刻轰动了整个圣塔柯斯小镇，他成了小镇的骄傲。

老镇长约翰先生紧紧地握着斯卡尔的手，激动地说道：“孩子，你是我们圣塔柯斯小镇20多万人口的骄傲，我要亲自送你到普林斯顿大学报道。”

街坊邻里也纷纷来到斯卡尔家，向斯卡尔表示祝贺；许多家长告诫自己的孩子：一定要向斯卡尔学习，长大了也要考普林斯顿大学。孩子们眼里闪烁着幸福和憧憬的光芒，心儿仿佛插上了美丽的翅膀，飞向遥远的未来。

美丽的“校花”琼斯小姐，也向斯卡尔表达了爱慕之情。斯卡尔心花怒放，他牵起琼斯小姐的手，深情地说道：“等我大学毕业了，我就娶你为妻，我还要干出一番轰轰烈烈的事业来！”

琼斯小姐幸福地笑了。她为斯卡尔勤奋、刻苦和有远大的志向而骄傲。

斯卡尔开始了美好的大学生活。大学的一切，对他来说都充满着新奇和憧憬,他沉浸在紧张、忙碌的学习生活中。人们看到的是一个勤奋、好学的斯卡尔。

可渐渐地,斯卡尔就厌倦了这种枯燥、乏味的大学生活。他渴望一种刺激的生活,来充实自己这种单调、乏味的学习生活。他想尽快干出一番事业来实现自己的人生价值。

他为自己制订了一个创业计划。他要一边上学,一边创业,等到四年后,他不仅大学毕业了,而且还赚了个盆满钵满。到那时,人们一定会对他更加钦佩不已,说他学习、赚钱两不误,是个天才。到那时,老镇长约翰先生一定会紧紧地握着他的手,激动地说不出话来。美丽的琼斯小姐一定会穿着洁白的婚纱，张开双臂向自己跑来……他越想越兴奋,越想越激动,那令人陶醉的一幕幕情景,仿佛就要实现了。

于是,他开始为一些公司设计产品,领取一些微博的报酬。他还在超市打了两份工,一份搬运工,一份清洁工,他还为商家在马路上为行人发传单……他雄心勃勃地说道，等自己大学毕业后,就开个自己的公司,自己当老板。

老镇长约翰先生听说斯卡尔在大学里干了好几份兼职，心急如焚。他专程赶到大学,不无忧虑地对斯卡尔说:“你现在还在求学阶段,应以学业为重,一个人的精力是有限的,你这样精力太分散啦,会影响学业的,以后有的是机会赚钱,不能因噎废食啊！”

斯卡尔听了，不屑一顾地笑道：“镇长先生，您多虑了。我是谁？我可是一学就会的人啊。那些大学课本上的知识，对我来说，就是小菜一碟，到了考试的时候，我只要几天的时间看一下就行了。

约翰先生听了，不知再说什么好，只得心事重重地走了。

斯卡尔依然每天忙得东奔西颠的，疲惫不堪，缺课、逃学成了家常便饭。第一学期结束了，他有一门功课考试不及格，其他几门也只是勉勉强强及格。辅导员找他谈话，提醒他要把精力用在学习上，不要去干与学习无关的事情。

斯卡尔听了，表面上答应，可一转身，又到超市搬运货物去了。他暗暗讪笑，一门课不及格有什么大惊小怪的，我只要一补考就过了。

第二学期结束后，他有两门主课考试不及格，三门选修课不及格。辅导员严肃地向他指出：“不能再这样下去了，如果下学期再有考试不及格，就请他退学了。”

斯卡尔听了，转身又暗暗窃笑道，吓唬谁呀？我能考不及格吗？下学期我认真考，准能考好。

约翰先生打来电话，关切地询问他的学习情况。斯卡尔很烦约翰先生总是问他学习情况，从来不问他赚了多少钱。他敷衍地告诉约翰先生，自己学得很好，每次考试都是班上前几名，还拿了奖学金。

约翰先生听了，将信将疑，一再叮嘱他要好好学习，不要辜负了大家的希望。

到了大学第三年，事情发展完全出乎斯卡尔的预料了。他已经有六门功课不及格了。更为严重的是,他已被勒令退学。

这下斯卡尔可傻眼了。曾经的自信、骄傲已荡然无存,整个人就像霜打了似的。琼斯小姐得知他被勒令退学了，毫不犹豫地向他提出了分手。

约翰老先生得知消息，专程从圣塔柯斯小镇赶来。他默默地帮斯卡尔收拾好行李,神情落寞地说道:“孩子,我们回家去吧！”

斯卡尔眼里噙满了泪水,愧疚地说道:“镇长先生,我错了,悔不该我本末倒置,荒废了学业。”说罢,斯卡尔从口袋里掏出一封信,对约翰说道:“请您将我写的这封信转交给辅导员,并请辅导员将这封信公开,希望大家都要以我为戒。”

约翰先生接过这封信，打开一看，只见信上写道：“我的悔恨”信中写道:本来我是很有希望的一名大学生,可是,我却被金钱所迷惑,不好好学习,整天忙于赚钱,到头来,荒废了学业,荒废了人生。在大学里,只有刻苦学习,学到了真本事,才能以后在社会上发挥出自己的才干,发挥出自身的价值……

一石激起千层浪。斯卡尔的这封信,后来被刊登在《华盛顿邮报》上,引起了社会上的广泛关注。

《华盛顿邮报》在评论中指出:斯卡尔的“悔恨”,给我们敲响了警钟。作为当今大学生,只有掌握了扎实的知识和技能,才能适应这个日益发展的社会需要。我们需要比尔·盖茨、扎克伯格这样的赚钱高手，但我们更需要踏踏实实把学业搞好的优秀大学生。这个社会是靠强人推进的，但更是靠千千万万掌握了现代科技、知识和文化的人顶起来的。

· 为一只蚂蚁引路

亿万富豪丹尼尔在散步时，发现一个小男孩儿蹲在路边，手里拿着一根草茎在地上摆动着。丹尼尔好奇地俯下身子，抚摸着小男孩儿的头，问道，小朋友，你在干什么呢？

小男孩儿头也不抬地回答道，我在为一只蚂蚁引路。

丹尼尔听了，忍俊不禁地笑道，一只蚂蚁需要你引什么路？

小男孩儿认真地回答道，这只蚂蚁和同伴走散了，正惊慌失措地四处寻找它的同伴，我要把它引到它们的队伍中去，这样它才有生存下去的机会。

丹尼尔这才仔细地看到，原来小男孩儿在用草茎将一只走散的蚂蚁慢慢地引到那些蚂蚁群中去。在小男孩儿的努力下，那只走散了的蚂蚁终于被小男孩儿引到了那些蚂蚁群中。见到了同伴，那只走散了的蚂蚁立刻欢快地和大家碰着触角，显得十分亲热和兴奋。

丹尼尔对小男孩儿这种善良的做法很是欣赏，他说道，谢谢你，为那只走散了的蚂蚁找到了同伴，也找到了生存下去的机会。

小男孩儿这才抬起头来望着丹尼尔，他眨着一双聪慧的眼睛，露出甜美的笑容。看着这纤尘不染的笑容，丹尼尔心里荡起层层涟漪……

离开小男孩儿，丹尼尔一路上不住地自言自语道，为一只蚂蚁引路，真的很有趣、很有创意。

丹尼尔是美国得克萨斯州一家大型连锁超市的大老板。他乐善好施，常常慷慨解囊，扶危济困，被人称为“大善人”。偶尔一次在路边看到一个小男孩儿为一只小蚂蚁引路，给丹尼尔的心灵带来很大的震动。他想，给那些迷失方向的蚂蚁引上一条路，使那些走失的蚂蚁不再迷惘、惊慌，真的是一种聪明的做法。行善，从某种意义上讲，也是这个道理。

一天，丹尼尔刚走到公司门口，忽然被一个中年妇女挡住了去路。中年妇女带着一个七八岁的小女孩儿，一把鼻涕，一把眼泪地向丹尼尔泣诉道，丹尼尔先生，您可怜可怜我们母女吧，我男人得了重病去世了，我也失业了，我们母女俩的生活陷入了困境。说罢，女人从包里拿出相关证明，央求丹尼尔能救济下她们母女。

丹尼尔听了，心里充满了同情。如果这事发生在从前，他会马上掏钱或叫财务部门拿出一些钱给这对母女救急。但今天他没有这样做，而是亲切地询问那位女人以前是做什么工作的？

女人泪流满面地回答道，我以前是做财务工作的。

丹尼尔听了，眼睛一亮，他对女人说道，我马上安排人事部门对你进行考核，如果没有什么问题，你就在这家超市财务部门工作，并预支你三个月的工资。

女人听了,脸上露出欣喜的光芒,对丹尼尔连连称谢。

一年后,在这家超市担任财务主管的苏姗女士,她的业务能力和创新意识,很受老板丹尼尔的赏识和器重。在圣诞节超市举办的晚会上,苏姗女士对前来参加晚会的丹尼尔说道,谢谢您,丹尼尔先生,是您将我引上了一条自食其力的道路,同时,也给了我一种人格的尊严。

丹尼尔笑道,尊敬的苏姗女士,不用谢我,是您的才华和努力在生活中得到了回报。

苏姗女士羞涩地笑了,笑得很甜、很明媚。

一天,丹尼尔收到一封名叫雅各布的小青年给他写的一封信。信中说,他今年刚考入麻省理工大学,由于父母早逝,生活十分困难,上大学的费用到现在还没有着落,希望丹尼尔先生能资助他一下。

丹尼尔看了这封信,给他回了一封信,信中说道,你进入大学后,可以到我公司开在麻省理工大学附近的那家连锁超市分店打工,我将提前预支你一年的打工费用,我会把你相关情况向那家超市说明的,届时你去办理相关手续就行了。

几年后,已是一家软件开发公司老板的雅各布在公司成立仪式上说道,当初,我是一个穷困潦倒的穷学生,我向丹尼尔先生求助,丹尼尔先生独辟蹊径,将我引上一条自食其力的道路。如果当初他只是给我一些钱,只能解决一时之需,甚至会将我养成懒惰、不劳而获的人。可以说,如果当初没有丹尼尔的高瞻远瞩,也就没有我今天创业的成功。他的行善,充满着一种智慧和远谋,使被救助的人,得到了一种人格的尊严和力量。

在出席得克萨斯州举办的大型慈善活动中，丹尼尔对来宾们说了这么一句话，他说，为一只蚂蚁引路，就是一种最大的行善。行善的根本宗旨是要给被行善的人找到一条光明、灿烂的道路，还要给人以人格尊严。这是一种道德底线，更是一种人格力量的升华。

丹尼尔的一番话，在人们心里荡起了层层涟漪，人们心里溢满了温暖和感动。得克萨斯州发行量最大的报纸《休斯顿纪事报》在评论中指出：为一只蚂蚁引路，是行善的一种最高境界。行善的出发点在于引路。引路，是一种智慧，更是一种心地坦荡的大爱。

第六辑

你有这样的笑容吗

看着照片上那些笑容，安东尼觉得那些笑容很可爱，触动了他内心的柔软。他像孩童般的天真，对着镜子，模仿那些笑容。可是，他发现，他调动着脸上所有的肌肉，也笑不出那些土著人那样的笑容。他看到镜子里的自己笑得很滑稽、很难看，有一种似笑非笑、哭笑不得的样子。他感到很不解，为什么自己笑不出土著人那样的笑容呢？

向左走向右走

“毛姆，毛姆，小矮子，小矮子，结巴子，结巴子，讲不出，急得哭！”放学了，一群七八岁的小学生对着前面一个与他们一般大的男孩儿背影，嘻嘻哈哈说出了顺口溜。

那阵阵嘲笑声，像一把锥子深深地刺痛了那个男孩儿的心。那个男孩儿回过头来，看到班上的那些同学冲着他幸灾乐祸的嬉笑着，屈辱的泪水在他眼眶里直打转。他恨恨地看了他们一眼，然后委屈地调转头，跑进路边小胡同里去了。身后又传来一阵同学们的讥讽和哄笑声。

被同学唤作毛姆的小男孩儿只有8岁，毛姆是一个十分可怜的孩子。他的父母在他很小的时候，就因病先后去世了，他成了孤苦伶仃的一个人。他长得矮小、瘦弱，因自卑、胆怯和无助，患了严重的口吃，一句话要憋好半天，才结结巴巴讲出断断续续几个字。看到人们冷漠不屑的眼光，毛姆心里很难受。有时他背着人，狠狠地抽打自己的耳光，他轻轻地哭泣道：“为什么我会结巴？”

上学了，他因长得瘦弱、矮小，再加上口吃毛病，受到同学极大冷嘲热讽，从不敢多说一句话，更别说在课堂上发言了。人家问他话，他也只是点头、摇头，看到人们揶揄的神色，他感到更加自卑、胆怯和无助，口吃的毛病更加严重。久而久之，他变得不爱说话，像个哑巴，他将自己和这个世界彻底封闭起来。

毛姆上小学三年级了，一个名叫珍妮小姐的老师开始带毛姆这个班。珍妮是一个刚刚毕业的大学生，她一带这个班，就发现了毛姆这个孩子，总是孤零零的一个人来来往往，她感到很疑惑：毛姆为什么不喜欢和其他同学在一起呢？

一天，珍妮小姐喊毛姆站起来回答一个问题。毛姆站了起来，脸憋得通红，也张不开口。有同学在座位上嬉笑道："毛姆是个结巴子，肚子里有话讲不出。"话音刚落，立刻引起全班同学哄堂大笑。毛姆脸更红了，红到脖颈，眼眶里的泪水直打转。

珍妮小姐全明白了，她请毛姆坐下来，对全班同学深情地说道："我给大家讲一个故事吧。"

同学们听说老师要讲故事，一下子来了精神，全都抬起头，听老师讲故事。

珍妮小姐说："我从小生活在一个单亲家庭里，父母在我很小的时候就离婚了，我和父亲在一起生活。父亲是一个酒鬼，每天都喝得酩酊大醉，对我从来不管不问，我就像是一个无人管的孤儿。久而久之，我患了严重口吃的毛病，一句话结巴半天也说不完，小朋友给我编了个顺口溜：'珍妮是个结巴子，结巴子，讲不出，急得哭。'这顺口溜，深深刺痛了我的心，我的心在滴血，我变得更加自卑、胆怯和无助。"

"这一切，都被一个名叫黛丝太太的老妇人看在眼里，她看到我从她家经过，和颜悦色地喊住了我。她搬来一条小凳子让我坐下，抚摸着我的头说道：'孩子，口吃不是什么大不了的事，许多孩子在她学讲话时，因受环境、教育、家庭等因素的影响，患了口吃的毛病。其实，只有克服自卑、胆怯的心理，大胆地练习朗读，就一定会克服口吃的毛病。'"

"我感激地望着黛丝太太，这是第一次有人对我说出如何克服口吃的毛病。黛丝太太又说道：'别怕，孩子，向左走向右走，都能走到成功的彼岸，每个人都不可能朝着一个方向行走。'"

"离开黛丝太太时，我轻轻拥抱了她，还在她额头轻轻吻了一下。后来我知道了，原来黛丝太太是一位心理学家，她矫正了许多有口吃毛病的孩子，人们亲切地称她是'天使妈妈'。我按照黛丝太太教我的方法，每天早上起来，都大声朗读课文，渐渐地，我说话流利了，上课还积极发言，我还参加学校的演讲比赛。我变得开朗、乐观起来，许多同学都愿意和我在一起，大家亲切地称我是大家的'开心果。'"

课堂上鸦雀无声，同学们都聚精会神地听珍妮小姐讲着故事，有的同学边听边认真地思考着什么。毛姆脸上闪烁着幸福的光芒，他望着珍妮小姐，眼睛里闪烁着感激的目光。

珍妮小姐讲完了，她走到毛姆跟前，轻轻地拥抱着毛姆，她拍了拍毛姆的后背，说道："毛姆，别怕，向左走向右走，都能走到成功的彼岸，每个人都不可能朝着一个方向行走。"毛姆眼睛里早已滚落下滴滴泪珠，他用力地点了点头。

不知不觉，同学们发现，毛姆变了，变得喜欢朗读课文，他朗读课文时，不仅不结巴，而且抑扬顿挫，语言流畅。同学们都很惊讶，原来毛姆并不结巴啊！他开始变得愿意与人交流，尽管语言不太流畅，但比过去好多了。

上课时，珍妮小姐喜欢喊毛姆站起来发言，每回答完，珍妮小姐都热情地鼓励他，说他回答得很好。珍妮小姐在班上成立了一个演讲表演队，许多同学都积极报名参加，珍妮小姐鼓励毛姆也来参加。

毛姆嗫嚅道："我……我……能行吗？"

珍妮小姐热情地说道："怎么不行？你知道了我的故事吧，那时我参加学校的演讲比赛，还获得了第一名呢！"

毛姆听了，脸上露出兴奋的光芒，用力点了点头。

毛姆参加了演讲表演队，与同学们一起大声说话，慷慨激昂。在演讲中，毛姆看到了力量、看到希望……

很多年以后，已成英国二十世纪上半叶最受读者欢迎的小说家毛姆，在许多文章里，都有着珍妮小姐的影子。

他在出席《月亮和六便士》这本书出版发行仪式上，对来宾们深情地说道："我曾经是一个口吃很严重的孩子，我是那么自卑、胆怯和无助。是珍妮小姐让我树立了对生活的信心，她告诉我，向左走向右走，都能走到成功的彼岸，每个人都不可能朝着一个方向行走。大学毕业后，我当了一名医生，后来，我选择当了一名作家。因为珍妮小姐告诉过我，向左走向右走，都能走到成功的彼岸。"

人们听了毛姆的演讲，心情久久不能平静。许多同学回到学校写了这样一篇作文：题目是《向左走向右走》。

第56号教室的奇迹

“你这头蠢猪，到现在连英语都讲不好，还想在美国混？滚回家去吧。”雷夫·艾斯奎斯刚走进洛杉矶霍巴特小学五年级教学楼，远远地就看见56号教室门口一个女教师粗暴地将一个小男孩儿从教室里推了出来，然后又将书包扔在了地上，书撒了一地。

小男孩儿抹着眼泪，轻轻抽泣着，身体在微微颤抖，孱弱得就像路边的一株小草。

眼前一幕，令雷夫十分心痛，他对女教师的粗暴十分震惊。他走了过去，对女教师说道：“我是刚来到56号教室当老师的雷夫·艾斯奎斯，从现在开始，我就是56号教室的老师了，请问这是怎么回事？”

女教师听了，眼睛一亮，欣喜地说道：“您来了可太好啦！这下我就能离开这里了。”然后又气咻咻地说道，“这个班的学生都是一群蠢猪，他们的父母都是一些从不会讲英语的亚洲、南美洲移民过来的，他们连英语都讲不好，还想今后在美国混，这简直是痴心妄想。你瞧，这孩子是从南美洲移民过来的，到现在英语都讲得结结巴巴的，我叫他滚回家去。”

雷夫突然感到一口气喘不上来，他下意识地捂着自己的胸口，脸憋得通红。缓了一会儿，他对那女教师说道：“您可以走了，这里可以交给我了。”

女教师听了，兴奋地哼着歌走了。走了几步，她又回过头来对雷夫说道：“叫那个蠢猪快滚回家去，他就是一头蠢猪。”女教师好像又想起了那男孩儿，气又上来了。

雷夫没再搭理她。他弯下腰，将散落在地上的书，一本一本地捡起来，放在书包里，然后站起身，走到小男孩儿跟前，亲切地问道：“请问你叫什么名字啊？”

小男孩儿惊讶地望着雷夫，怯怯地回答道：“我叫冈萨雷斯，是从委内瑞拉移民过来的。”

雷夫将书包背在冈萨雷斯的肩膀上，温和地说道：“走，跟我回教室去，从现在起，你再也不用回家了，你就是我的好学生了。”说完，孩子般地伸出手与冈萨雷斯来了一个击掌相庆。

冈萨雷斯惊喜地随着雷夫走进教室。一进教室，他就用蹩脚的英语对同学们说：“他是来教我们56号教室的新老师，名叫雷夫·艾斯奎斯，是他让我又滚回来了。”

冈萨雷斯幽默、俏皮的一番话，让全班的同学都笑了起来，有的还兴奋地拍起了桌子、跺起了脚，课堂上一下子热闹起来。

雷夫摆了摆手，示意同学们安静下来，说道：“冈萨雷斯说得对，我又让他滚回来了，而且从今天起，我也是56号教室的一员了，我们将在一起，共同学习、运动、娱乐。”

同学们听了，个个睁大了眼睛，他们好像不相信自己的耳朵，这个新来的小伙子亲切的话语，一下子击中了他们内心的柔软。他们相互看着，眼睛里流露出惊喜的光芒。

56号教室同学发现，雷夫老师正像他所说的那样，每天都和他们在一起学习、娱乐、运动。他对学生从不暴粗口，他就像是邻家大哥哥一样，对学生们是那么和蔼、可亲。他给56号教室带来了无限生机和活力。

56号教室的同学变了，这些来自亚非等国家的移民孩子，虽然生活在贫困线上，英语也讲不好，在社会上，还饱受歧视、欺侮。但是，自从雷夫老师来到56号教室，他们变得热情、开朗了，他们开始挺起胸膛，充满了自信。孩子说，和雷夫老师在一起，他们不再感到害怕。

56号教室就像磁铁一样，深深地吸引着孩子们。每天他们自觉提前两个小时，早早地来到教室；放学了，他们还迟迟不愿回家。在学校里，雷夫为他们开设阅读、数学、运动、表演等课程。雷夫为他们编排的莎士比亚戏剧哈姆雷特，让每一个孩子都参与进来，人人都实现了当演员的梦想。

不知不觉，孩子们惊讶地发现，他们不仅都能讲一口流利的英语，而且全班同学的学习成绩突飞猛进。一年后，在全美文化会考中名例第五名。这真的是一个巨大的奇迹。要知道，这些可都是来自亚非等国家的孩子，他们的家庭都非常贫困。雷夫来了这一年不到的时间，竟创造出这样的优异成绩，不能不说是一个奇迹。

送走了一批孩子，又迎来了一批孩子，但是，雷夫留下来了，他再也没有离开过56号教室，每一个走进56号教室的孩子，都像他的孩子。他用温暖和热情，让孩子们找到了幸福和快乐。

十几年后，雷夫收到一封哈佛来信，信中写道：雷夫老师，您还记得您刚到56号教室时，那个被女教师从教室里赶出来的男孩儿吗？对，我就是那个从南美洲移民到美国的冈萨雷斯。当年，我被那个女教师从教室里推了出来，是您将我从教室外带回教室。从此，我在56号教室里开启了新的人生，并最终走进哈佛大学，即将取得哈佛大学博士学位。如果没有遇见您，我现在恐怕只能是纽约街头的一名小偷或是一个地痞流氓。您的“没有害怕的教育”，就是对我们最好的奖励。您撰写的《第56号教室的奇迹》已成为哈佛大学教材，让更多的学生感受到您独特的教育方法，让我们终身受益……

20多年过去了，雷夫一直坚守在56号教室。在56号教室里，他创造了一个又一个奇迹，从56号教室走出来的学生，长大后，大多数进入了哈佛、普林斯顿、斯坦福等名牌大学。他成为美国最有趣、最有影响力的教师。

你真是个好孩子

“黑柳彻子，你站起来，你真是个不听话的孩子，你就喜欢看着窗外。”讲台上，一个年轻的女老师突然发出严厉的喊声，班上的同学全都扭过头去，看着那个叫黑柳彻子的人。

一个六七岁的小姑娘听到老师叫她，一脸茫然地从座位上站了起来，眼睛还不时瞥向窗外。

老师怒气冲冲地走到小姑娘的跟前，顺着小姑娘的视线向窗外看去，窗外只有一片寂静，什么也没有。老师不解地问：“这窗外什么也没有，你为什么总喜欢看窗外？”

小姑娘稚嫩地回答道：“不，我看到了操场上有几只小鸟在飞来飞去，还有阳光照在树叶上闪烁着金色的光芒，我还感受到风从操场上刮过的声音。”小姑娘话刚说完，全班响起一阵哄笑声，有几个小男生还兴奋地用手敲打着桌面。

老师气急败坏地怒吼道：“黑柳彻子，你还敢和老师犟嘴，明天把你妈喊来，如果再这样下去，就将你开除。”

小姑娘眨着一双天真无邪的大眼睛望着老师，脆脆地答道：

"好,我回家告诉我妈,叫她明天就到学校来一趟。"

看着小姑娘满不在乎的样子,老师怒气冲冲地往讲台上走去,边走还边嘀咕:"真是个傻丫头,等把你开除了,你哭着求我也没用。"

黑柳彻子上小学二年级,对学校的一切都感到很新奇,什么东西在她眼里,都要观察个不停。那个年轻的女教师,已将她的妈妈喊来多次了,可效果一点也不明显。这次,女教师又一次叫她将她妈妈喊来,小姑娘已经非常老道了。

放学了,小姑娘蹦蹦跳跳走出校外,忽然,她看到母亲站在校门口一棵树下在向她招手。小姑娘欢喜地喊了一声妈妈,然后张开双臂向母亲跑去。

母亲蹲下身子,紧紧地拥抱着女儿。小姑娘忽然发现母亲哭了,吃惊地问道:"妈妈,您怎么哭了?"

母亲用手抹着眼泪说道:"彻子,妈妈跟你商量一件事,我们换一所学校上学好吗?"

小姑娘问道:"新学校有操场吗?"

妈妈用手又抹了下眼泪,说道:"有啊!"

小姑娘问道:"操场上有小鸟,还有树叶闪烁着金色的光芒吗?"

妈妈又答道:"有!"

小姑娘高兴地拍着手叫道:"只要有操场、小鸟和树叶闪烁着金色的光芒,那我就去。"

母亲听了,眼泪又哗哗地流了下来。其实母亲不忍心告诉女儿,她是被学校开除了,她要为女儿重新找一所学校。

母亲带女儿到了一所名叫巴学园的小学校。小姑娘一进校园，就看到了宽阔平整的操场，操场四周，还有小树，小树上的叶子闪烁着金色的光芒，小姑娘张开双臂高声欢呼着，在操场上欢快地奔跑起来。

小女孩儿欢快的笑声吸引了操场上一个满头银发的老伯伯的目光，老伯伯用手招呼道："小姑娘过来，你叫什么名字啊？"

小姑娘跑到老人的跟前，笑道："伯伯好，我叫黑柳彻子，是刚转到这所学校的。"

老人笑着问："我们这所学校好吗？"

小姑娘仰起头，眨着一双清澈、明亮的眼睛说道："好，这所学校里有操场、小鸟，还有树叶上闪烁着金色的光芒，是我理想的学校。"

老伯伯欢喜地用手在小姑娘的头上摸了一下说道："你真是个好孩子！"

小姑娘听了，愣愣地望着老伯伯，眼泪突然流了下来。老人吃惊地问道："小姑娘，你怎么哭了？"

小姑娘抹了一把眼泪，哽咽道："我第一次听人说我是个好孩子，在以前那所学校里，老师都叫我是个傻丫头，一点也不喜欢我。"

老伯伯拉起小姑娘的手说："不要哭了，我说你真是个好孩子！就一定是个好孩子，走，我带你到新班报到去。"

小姑娘高兴地拉着老伯伯的手，回过头高声喊道："妈妈，伯伯带我去报到了，您先走吧！"

母亲叮嘱道："黑柳彻子，你要听伯伯的话，不要调皮啊！"

老伯伯高声地说道："您放心吧，彻子是个好孩子！"

母亲听了，眼泪一下子流了下来，她掏出纸巾，擦拭着脸上的泪水。

老伯伯带着彻子来到班上。老师热情地招呼："小林校长，您好！"

彻子惊讶地抬起头问道："您是小林校长？"

老伯伯笑了笑，对老师说道："这是新来的学生，名叫黑柳彻子，她是个好孩子！"

老师弯下腰，在彻子的额头上亲了一下说道："嗯，彻子是个好孩子！"说罢，老师站起身，对同学们说，"让我们大家欢迎新同学黑柳彻子，她和你们一样，也是个好孩子！"

同学们都热情地鼓起掌来。一个女同学站起身说道："老师，让黑柳彻子和我坐一个座位吧！"

彻子看到小姑娘掉了两颗门牙，说话还有点漏气，不禁一乐，心想，和我去年一样，去年我也掉了两颗门牙，说话也有点漏气，今年刚刚长好。

老师说道："好吧，彻子，你就和纯子坐一起吧！"

彻子情不自禁地看了看窗外，她看到，窗外阳光明媚，树上的叶子闪烁着金色的光芒。

彻子在巴学园开始了一种崭新的生活，她感到快乐极了，她和纯子，还有好多同学成了好朋友。她和纯子还是学校小红花文艺表演队的，她们常常在学校表演节目。她还学会了日本民间舞蹈，老师说她跳得很到位，展现了日本民间舞蹈的柔、飘、轻的特点。纯子听到了，天天缠着她，也要学习民间舞蹈。

下课了，彻子来到窗前眺望着窗外。她看到，操场上有许多同学，操场四周，还有小树，小树上的叶子闪烁着金色的光芒。忽然，她看到一个熟悉的身影，她惊喜地喊了声："小林校长！"话音刚落，她就飞奔着冲出教室。

她一口气跑到操场，脆脆地喊了声："小林校长！"

小林校长转过身子，脸上露出宽厚的笑容："是彻子啊，你好！"

彻子心里感到一阵温暖，她想，这么长时间了，小林校长看到她，竟还能一口叫出她的名字，真了不起。她问道："小林校长，您在这里看什么呢？"

小林校长说道："我在看从操场上空偶尔飞过的几只小鸟，它们留下一道道优美的弧线；操场边的树叶在轻轻摆动，闪烁着波光粼粼的光芒，这里可真是美极啦！"

彻子惊讶地问道："小林校长，您也喜欢看这些东西？"

"喜欢看啊，我没事的时候，就喜欢站在这里看云卷云舒、听阳光下风拍打树叶发出的沙沙声和小鸟追逐的欢唱声……这种景致，每天都不一样，每天都能给我带来全新的感受和体验。"

彻子眼睛里闪烁着晶莹的泪花，她心里产生了一种共鸣的东西……

时间过得真快啊，黑柳彻子在巴学园度过了难忘的少年时光。那个喜欢静静地伏在窗前看窗外景致的小姑娘，渐渐长成大人了。她常常伏在窗前，看着窗外的景致，陷入到无尽的遐想中……

那是一个温暖的午后，黑柳彻子又伏在窗前，眺望着窗外的景致，忽然，少年时的巴学园、那从操场上偶尔飞过小鸟的倩影、那闪烁着金色光芒的树叶，还有小林校长，小林校长对她说的那句'你真是个好孩子'……这一切,就像电影蒙太奇一样,在她眼前闪现。

不知不觉,她的目光变得一片蒙眬。突然,有一种灵感冲动,她转身坐在写字台前,铺开稿纸,写下了一行字:窗边的小豆豆。随后,她一口气写了下去,写了一个名叫小豆豆的小姑娘,在巴学园的快乐成长旅程。

书稿很快写完了,她将书稿投到出版社。很快,这本名叫《窗边的小豆豆》的书出版了。这本书一出版,立刻轰动了日本,人们被书中的故事深深打动,书一版再版,成为日本有史以来发行量最大的书籍。这本书被翻译成世界许多国家的文字,成为世界发行量最大的书籍,人们说,这本书就像是一面镜子,发现了我们在教育问题上所遇到的困惑和痛苦的根源。

1984年,联合国官员在读完英文版的《窗边的小豆豆》后,认为这个人这么了解孩子的心理,再也没有比她更适合的人选了,因而她被任命为联合国儿童基金会亲善大使。

黑柳彻子在接受美国纽约时报记者采访时说道:"小豆豆就是我自己,小时候,我曾被学校开除,被老师说成是问题学生,后来,我转学到了巴学园,在这所学校里,我感受到了平等、关爱、尊重和理解,特别是小林校长对我说的那句话,'你真是个好孩子!'让我记了一辈子,也使我成长为一个充满自信、快乐和勇敢的人。教育并不复杂,有时仅仅一句'你真是个好孩子!'就能彻底改变一个人。"

凋谢的向日葵

七月的乌克兰顿涅茨克市，应该是满城开放着金黄色向日葵的季节，那张张笑脸，迎着金色的太阳，开得格外灿烂、明媚。向日葵是顿涅茨克市市民们最喜爱的市花。

可是，如今的顿涅茨克市向日葵，却没有以往开得那样金黄、灿烂。满城都弥漫着战火的硝烟，大街小巷的向日葵，全被黑色烟雾所笼罩，许多建筑物被炸毁，冒着刺鼻的浓烟。街道上，行人稀少，偶尔出现几个行人，也是行色匆匆，惊恐不安地猫着腰，躲避着流弹的袭击。

列别诺娃是乌克兰顿涅茨克市一所小学的音乐老师，孩子们非常喜欢上列别诺娃老师的课，说她就像美丽的天使，给他们带来了温暖和爱。列别诺娃教学生拉手风琴，班上的学生都会拉一手漂亮的手风琴。他们班的手风琴乐队，还到过基辅，参加过全国小学生手风琴的表演呢。

那一幕，同学们一直记得清清楚楚。列别诺娃给他们上第一堂课时，上来就说了一个谜语：胸口挂钥匙，请同学猜一种乐器。大家听了，争先恐后地猜起来。有的同学说是小提琴、有的同学说是萨克斯、有的同学说是小号……可猜来猜去都没有猜对。

列别诺娃从讲台下拿出一个乐器，同学们一看就乐了，大家齐声答道：手风琴。

列别诺娃脸上露出灿烂的笑容，说道："同学们回答得很正确，是手风琴。大家想一想，胸口挂钥匙，是不是开芯（心）啊？"

同学们齐声回答："是的。"

列别诺娃说："从今天起，我教大家拉手风琴，希望大家永远开开心心，生活永远充满欢声和笑语。"

同学们的脸上露出灿烂的笑容，像一朵朵盛开的向日葵。校园里的向日葵开得正热烈、灿烂。

列别诺娃将手风琴挂在胸前，两只手按在两边琴键上，随着手风琴缓缓拉开、收缩，一曲大家耳熟能详的《三套车》优美的旋律在教室里回荡。同学们如痴如醉地盯着列别诺娃胸前的手风琴，轻轻地合着节拍，沉浸在那美妙的旋律中。

音乐课上，每个同学都有一架手风琴，同学们在列别诺娃耐心、细致的讲解下，很快就都喜欢上拉手风琴了。手风琴优美的旋律，在每一个同学的心里流淌。那些脍炙人口的歌曲《雪绒花》《山楂树》《喀秋莎》《红莓花儿开》都是同学们非常喜欢拉的曲子。许多同学说，长大了，我们也要像列别诺娃一样，当个音乐老师，教孩子拉手风琴，让这优美的音乐一代一代传下去。

就在同学们憧憬着美好未来和希望的时候，国家发生了动荡，政府军与当地民兵武装发生了武装冲突。大街上到处弥漫着战火和硝烟。校园里，再也听不到优美的手风琴声了，昔日美丽的校园也落下了炸弹，炸毁了一株株美丽的向日葵，同时，也炸毁了孩子们一颗颗美丽的心灵。孩子们眼睛里露出深深的恐慌和惊悸，他们不知道那些大人们为什么要打战，为什么不让他们学习，为什么不让他们拉手风琴？

列别诺娃带着惊慌失措的同学们躲进了一座教堂的地下室里。听到外面一阵紧似一阵炸弹的爆炸声，许多同学吓得用手捂住了耳朵，哇哇地哭叫起来；大家紧紧依偎在列别诺娃身边，像一群受到惊吓的小鸡，瑟瑟发抖。

列别诺娃眼里噙满了泪水，她在竭力地安慰着孩子们那颗破碎的心。她想，因为武装冲突，大家不仅不能在阳光下过正常的生活，也不能在教室里学知识、学音乐了，这一切，都是因为战争造成的。她和孩子们只想过一种正常、平静的生活，而那种再简单不过的生活，现在也变成了奢望。列别诺娃轻轻擦拭着手风琴上的灰尘，对同学们亲切地说："同学们，你们还记得我第一次给大家上课，让大家猜的那个谜语吗？"

同学们精神为之一振，齐声回答道："记得！胸口挂钥匙——开芯（心）。"

列别诺娃深情地说："同学们说得对，虽然我们国家发生了令人心痛的武装冲突，我们的城市、乡村笼罩在战火的硝烟中，我们美丽的学校也遭到炮火的轰炸，炸毁了我们的校舍、炸毁了我们的向日葵。我们不能上学了，我们躲进了这地下掩体里。我们虽然处在险恶的环境中，但是，我们不能没有歌声。歌声，永远是人类最强大的力量，它能战胜一切险恶和风浪。同学们，让我们一起唱起来，好吗？"

同学们握紧拳头，眼里闪烁着坚定的目光，齐声回答："好！"

列别诺娃将手风琴挂在胸前，手指轻轻按在琴键上，顿时，一曲优美的《三套车》音乐在阴暗、潮湿的地下室荡漾开来。此时此刻，这音乐，就像一股无穷的力量，在同学们心中流淌。同学们合着节拍，声情并茂的唱起来："马儿哟/我们就要分手/从今后天各一方/我再也不能赶着马车/奔驰在伏尔加河/我再也不能赶着马车/奔驰在伏尔加河……"

歌声，仿佛像长了翅膀，穿过地下掩体，传到了硝烟弥漫的城市上空。同学们的歌声在硝烟中飘散开来，那满目萧条的向日葵，好像抖落了身上的尘埃，挺直了弯曲的身躯，迎着朝阳，露出了丝丝笑容……

“打折”的爱心

2013年澳大利亚遭遇到一场几十年不遇的特大洪水，这场洪涝灾害，几乎使新南威尔士州，包括悉尼西部900公里的村庄，全部被洪水淹没，数十人被洪水吞噬了生命，几十万人无家可归。灾情牵动了许多澳大利亚人的心，许多人自发地捐款捐物，表达自己的一份爱心。

新南威尔士州的这场洪涝灾害也牵动了莫雷社区的纽卡尔先生。纽卡尔先生70多岁了，他从电视上看到灾区的房屋被冲垮、民众无家可归，心中溢满了悲伤。他边看电视边流泪，饭也吃不下，觉也睡不着。

纽卡尔生活很困难，身边还有一个痴呆儿子，父子俩一直靠社会救济生活。纽卡尔尽管岁数很大了，可每天依然在小区垃圾桶里捡拾废纸、饮料瓶，他将捡拾来的废品卖掉，补贴家用。这个家庭是莫雷社区最困难的家庭之一，社区还经常组织慰问。

为向灾区献上一份爱心，社区举办了向灾区募捐活动，许多居民来到募捐地点，向灾区捐款。

纽卡尔先生得知这一消息后，心里不停地盘算着，他也想要为灾区捐点款，表达一下自己的爱心。他想，这么多年以来，自己省吃俭用已积攒下2.1万澳元，他决定将这些存款全部捐出来。他想，自己一辈子从没有做出过什么大事，也没什么能耐，一直过得默默无闻，他今天就要做出一件让人感到震惊的大事，让大家对他刮目相看。

他将这笔款装进一个布袋里，来到捐款现场，然后将这些钱拿出来。人们看到纽卡尔先生拿出这么多钱，一下子震惊了整个募捐现场，人们瞪大眼睛望着他。大家没有想到，一直生活得穷困潦倒的纽卡尔先生，竟然能捐出这么多钱，小区里亿万富翁约翰先生也只捐了1万澳元。

看着人们吃惊，甚至有些羡慕和嫉妒的目光，纽卡尔先生心里感到从没有过的骄傲和自豪，他那佝偻的身板，似乎也挺直了许多。

负责筹集募捐款的慈善会会长保罗先生接过纽卡尔先生递过来的厚厚一沓捐款，一下子愣住了，他有点语无伦次地说道："您，您，您这是干什么？"

纽卡尔先生骄傲地昂起头，说道："这是我给灾区的捐款，为了表达我对灾区的一片爱心，我将我家的存款全捐出来了，一共是2.1万澳元，请您收下。"

纽卡尔先生慷慨激昂的一番话，并没有引来一点儿掌声和叫好声，而且人们脸上呈现出的是一种不解和疑惑的神色。

保罗先生手里托着这沉甸甸的捐款，动情地说道："纽卡尔先生，您生活也不富裕，一直靠社会救济生活，而且，您这么大岁数了，还在每天为生计奔忙着，家里还有一个需要照顾的残疾儿子，您把钱全捐了，以后生活遇到困难怎么办？”

纽卡尔先生态度十分坚决地说道：“与受灾的灾民相比，我这点困难算什么？你们一定要收下我的这份爱心。”

看着纽卡尔先生激动的神色，保罗先生只好说道：“纽卡尔先生，谢谢您对灾区的一片爱心，我们收下您这份情深似海的爱心！”

握着保罗先生的手，纽卡尔先生心潮起伏，他感到自己这一生活得真憋屈，从没有露过一次脸，今天终于在众人面前露了一次脸，这可是自己从没有过的荣誉啊，他比亿万富翁约翰先生捐得都多。

日子一天天过去了。纽卡尔先生依然为生计忙碌、奔波。那场捐款场面，在人们心里很快淡忘了，人们碰到纽卡尔先生，似乎从没有跟他谈起过那件事。纽卡尔先生心里很难过，他想，人们为什么不向他提起那次捐款的事，那可是自己一生中做过的最轰轰烈烈的一件大事啊。每每想起那次捐款场面，纽卡尔先生不禁心潮起伏，沉浸在难以描绘的幸福之中。但很快，他心里就有一种失落感，自己一下子把家里的钱全捐光了，如果家里真出点儿事，到哪里去弄钱啊！想到这儿，他不禁后悔自己一时冲动，干了一件大傻事。

纽卡尔先生有了重重的心事，人也一天天地消瘦下去。不承想，灾难真的降临了，他的痴呆儿子生了一场大病，医生检查后说马上要进行手术，否则就会有生命危险。

纽卡尔听了，一下子感到束手无策。他想，他到哪里去弄这笔钱啊,家里的钱全都被他捐光了。纽卡尔蹲在地上,用力捶打着自己的脑袋。

突然,他听到有人在亲切地呼唤他:"纽卡尔先生！"

纽卡尔抬起头,一下子愣住了,原来是保罗先生。

保罗先生将纽卡尔搀扶起来,从包里拿出一沓钞票,说道:"纽卡尔先生,您上次捐款2.1万澳元,我们只收下1千澳元,这剩下的2万澳元我们一直替您保管着,我们知道,您生活还很困难,一定会有用钱的地方。当我们得知您儿子需要做手术,就赶紧将这钱给您送过来了。"

纽卡尔听了,惊讶得目瞪口呆,他没有想到,保罗先生竟将自己的这笔捐款替自己妥善保管起来,他真是自己的大恩人啊!那一刻,纽卡尔脸上满是感动。

保罗说道:"快将钱拿回去吧,记住,爱心并不是倾其所有,逞一时之能,这样给受助者也造成一种心理包袱和不安。"

保罗的一番话,在纽卡尔心里有如照进了一缕温暖的阳光,心中溢满了甜蜜和美好,淤积在心中的阴霾顿时云消雾散。他为当时自己一时冲动,还有一丝显摆而惭愧。

新南威尔士州发行量最大的报纸《泰晤士报》在报道这件事中指出:保罗先生"打折"收下纽卡尔先生的爱心,这是最善良的举动。爱心,不是攀比,不是竞争,它是人们内心萌发的最质朴的善良和友情。那种善良和友情,不仅使捐助者心灵得到一次灵魂的救赎和洗礼,也能使受助者感受到人心的力量和美好!这是一种双向的体恤和慰藉。

· 我只能帮你到这儿了

亚当斯是南美洲玻利维亚一名著名的房地产商，最近，他又在嗒里哈省开发了一个新项目，这个新项目建成后，将成为嗒里哈省最大的现代化商业城，里面有五星级酒店、度假村、住宅区等设施。

亚当斯虽然是一个大企业家，但他每次外出，都自己开车，从来不用什么专职司机和保镖，只有一个秘书跟着他。他常说，我虽然是个大老板，但也要节约每一分钱，绝不能奢侈浪费。确实是这样的，他身边的人都知道，亚当斯生活很节俭，他手腕上的那块手表是一块只值20几块玻利维亚诺的电子表。

一天，亚当斯来到建筑工地检察工程进程情况。突然，一个妇人带着两个小姑娘来到他的面前。妇人向亚当斯哭诉道："我本来是住在这个地方的，后来土地征迁，我家搬迁到达瓦尔地区了，我没有工作，孩子的父亲是一名卡车司机，工资又低，家里一点儿也照顾不了，您是一个大富翁，帮我在这里找一份工作吧！"

亚当斯不仅是一名腰缠万贯的大富翁，也是一名慈善家，每年都要为慈善机构捐款达几亿美元，平时，他要是看到需要救助的人，也总是慷慨解囊，人们都亲切地称他是大善人。看到眼前这位妇人的哭诉，亚当斯也同样动了恻隐之心，于是问道："请问你有什么文化和特长吗？"

妇人说道："我没有什么文化，我只会做家务。"

亚当斯思考了一下，说道："这样吧，你在工地食堂后勤帮忙干干活，每月2000玻利维亚诺。"

妇人听了，喜极而泣，不停地说道："您真是个大善人啊！"

过了一段时间，亚当斯又来到这里检察工作，突然，一个妇人挡在了他面前，那妇人说道："亚当斯先生，您还认识我吗？"

亚当斯看着眼前的妇人，努力地回想了一下，摇了摇头。

妇人说道："我就是上次在这里带着两个孩子求您帮助的那个妇人啊！"

亚当斯这才想了起来，问道："你现在还好吧？"

妇人眼睛一下子红了，她抹了一把眼泪，哽咽道："我的男人开着大卡车，一直奔波在外，一直照顾不了家里，工资又低，我想求您，让他到这里来开车好吗？"

亚当斯一愣，微微皱了一下眉头，沉吟了片刻，说道："好吧，那就让他到这里的工地开车吧，每月3000玻利维亚诺。"

妇人听了，立刻又喜极而泣，不停地说道："您真是个大善人啊！"

望着亚当斯钻进了小车，自己坐在驾驶室里，妇人脸上露出惊愕的神色。

商城如期完工，嗒里哈省省长和许多来宾都来到现场表示祝贺。在竣工现场，亚当斯当场宣布，再次向慈善机构捐款2000万玻利维亚诺。亚当斯的举动，引起了现场的一片喝彩声。

竣工典礼结束了，亚当斯走向自己的小车，正要打开车门，一个妇人来到了他的跟前，那妇人问道："亚当斯先生，您还记得我吗？"

亚当斯望了望那妇人，笑道："记得，你现在还好吗？"

妇人眼睛一红，又抹起了眼泪，说道："我家男人在工地开车太辛苦了，让他来给您开小车好吗？这个工作既体面又轻松，和您在一起，他还能学到许多做生意的诀窍，说不定他将来也会像您一样，成为腰缠万贯的大富翁，那我再也不用辛苦干活了。刚才我在现场看到了，您又捐了那么多款，我真羡慕啊！"妇人脸上露出激动的红晕。

亚当斯身体摇晃了一下，他扶了一下车门，才站稳了脚，脸上露出一丝不快，他淡淡地说了句："对不起，我只能帮你到这儿了！"

说罢，坐进了驾驶室，他好像想起了什么，将车窗摇了下来，说道："我曾经也是一名卡车司机。"说罢，小车绝尘而去。

妇人望着远去的小车，一脸失望的神情，她将手中一个不知什么东西，狠狠地摔在了地上。

这一幕，被正在现场采访的记者迪亚斯看见了，随后，他在玻利维亚《拉美联合新闻报》发表了一篇文章，题目是：我只能帮你到这儿了。记者在文章中写道：人性从最初的基本需求，最后发展到一种贪婪，这就有违人性最本质的善良。慈善不是无止境的索取。对慈善的需求,如果有违背最初的需求,那就是对人性的亵渎和践踏,那是任何人也帮不了你的。

你有这样的笑容吗

意大利摄影师安东尼来到非洲东部埃塞俄比亚土著人居住区拍摄。在一年多的时间里，他与那些土著人一起狩猎、捕鱼、采摘，同吃同睡，结下了深厚的友谊，那些土著人亲切地称他为“我们的兄弟”。他们会将自己捕获到的猎物，割下一块肉，送给安东尼品尝。看到安东尼津津有味地吃着，他们会感到格外开心。其间，安东尼拍摄了大量非洲土著人的生活习俗照片，这些照片，成为记录他在非洲生活的真实情景。

一年后，安东尼依依不舍地离开了那些土著人。回国后，他在整理这些照片时发现，那些土著人的生活环境虽然很恶劣，但他们却感到很知足，从不怨天尤人。有时，他们打到一只鹿就让部落里的人都来，共享他们的战利品。他们围着篝火，载歌载舞，一片喜庆气氛。他们将脸上涂满了花花绿绿的颜色，露出欢乐的笑容，那些笑容，纤尘不染，是人性最纯真的笑容。

看着照片上那些可爱的笑容，触动了安东尼内心的柔软。他像孩童般一样，对着镜子，模仿那些笑容。可是，他发现，无论他怎么笑，也笑不出那些土著人那样的笑容。他看到镜子里的自己笑得很滑稽、很难堪，有一种似笑非笑，哭笑不得的样子。他感到很不解，为什么自己笑不出土著人那样的笑容呢？

他忽然想知道别人能不能笑出那样的笑容？带着这样的疑惑，他想办一场这次非洲之行的摄影展。

经过积极准备，他的摄影作品在米兰国家美术馆展出了。他将这次摄影展命名为“你有这样的笑容吗？”并在展厅里，摆放了许多大镜子，让人们一边看着那些土著人的笑容，一边对着镜子模仿那些土著人的笑，看看自己有没有那样的笑容。

安东尼别具特色的摄影展，吸引了大批观众前来观看。看着这一张张土著人灿烂的笑容，人们站在镜子前，或龇牙咧嘴、或搔首弄姿、或眉目传情、或顾盼生辉……可是，人们发现，即使自己如何使出浑身解数，也笑不出照片上那些土著人的笑容。

人们感到很失望、很沮丧。离开展厅，有些人还在情不自禁地模仿着那些土著人的笑。看着那一个个恐怖的笑容，把街头一些小孩儿都吓哭了。

意大利著名心理学家卢兹在意大利著名报纸《晚邮报》上发表文章指出，生活在现代生活中的人们，之所以笑不出土著人那样的笑容，是因为人们心理有了太多的功利性，为了想比别人活得更好些，人们总想得到更好的东西，但又很难得到满足。在这种心理驱使下，感到活得沉重、活得复杂，因而笑不出土著人那种人类最原生态的笑容。土著人对他们生活的一切，都感到很满足，从没有任何功利性，因而，他们永远有一张尘世间最美的笑容。笑容，不是拙作、不是表演，而是心灵最纯洁的绽放。

卢兹的文章，引起了读者强烈共鸣，人们纷纷致电《晚邮报》，表达自己的看法。《晚邮报》主编博尔托利在编后语中说道：要想拥有一张土著人那样的笑容并不难，难的是人们很难丢下心灵的羁绊，因而笑得沉重、笑得悲哀、笑得复杂，这也许是生活在现代文明社会中人们的一种悲哀和无奈。

黛丝太太的笑容

黛丝太太是美国得克萨斯州奥斯汀市一家五星级酒店的洗碗工。黛丝太太很穷，她的丈夫约翰森卧病在床，两个孩子正在上大学。黛丝太太十分珍惜自己的这份工作，虽然工作十分辛苦，但毕竟是他们一家人的希望。

每天，黛丝拖着疲乏的身体回到家便马上忙着为丈夫擦洗身子，给丈夫做吃的，然后喂丈夫吃下。

看到夫人忙碌的身影，约翰森的脸上总是露出十分歉意的神色，他喃喃地说道："真对不起，让你受苦了！"

黛丝含笑道："瞧你说的，我们是夫妻，就应该互相关爱，互相帮助。"

一席话，听得约翰森泪光婆娑，脸上充满着感激的神情。

黛丝在酒店洗碗时发现，一些碗碟里经常有客人没有吃掉的剩菜。尽管黛丝太太在这酒店上班已有8年了，但她从来没有品尝过这些菜。有一次，她在洗碗时，偷偷将一块即将要倒进泔水桶里的鱼片放进了嘴里，然后闭着嘴，嚼着那块鱼片。那一刻，尽管因偷吃鱼片使自己的心脏怦怦地狂跳，但是，那鱼片的美味实在让她回味无穷。真没想到，世界上还有这么美味的食品！

这天，黛丝太太又在清理一大堆碗碟，她发现一只碟子里剩下几个鱼丸子。心想，如果就这样倒掉多可惜啊，她想到生病躺在床上的丈夫约翰森。约翰森已经很长时间没有吃过鱼了，如果将这几个鱼丸子带回家给他吃，也可以给他补补身体啊！

想到这儿，她瞧瞧四下无人，像做贼似的，将那几个鱼丸子倒进了一只塑料袋，然后塞进了自己的口袋里。

不想，这一幕，恰好被推门进来的酒店老板科尔看见了。科尔看到黛丝一脸惊恐，脸上还冒出了汗，一只手很不自然地捂着口袋，紧张兮兮地盯着他。科尔疑惑地问道：“你这么紧张干什么？”

科尔先生这一问，吓得黛丝面如土色，她慢吞吞地将口袋里地塑料袋拿出来。科尔先生一看，是几只压扁了的鱼丸子。笑道：“几只客人吃剩下的鱼丸子，你要它干什么？”

黛丝一听，再也控制不住内心的情感，抽泣着说出了自己的困境。

当科尔听了黛丝一番倾诉，大为惊讶。停顿了好一会儿，科尔向黛丝深深地鞠了一躬，说道：“黛丝太太，实在对不起！您作为我酒店里的一名老员工，我对您家里的困难，却一点都不知情，这是我的失职。有时间，我一定登门看望约翰森先生。”

科尔先生的一席话，让黛丝太太非常感动，她不知如何是好，心里感到很不安。

第二天，黛丝将丈夫安顿好，正要出门上班，突然看到老板科尔推门进来了，他手里还拎着一只保鲜盒。

科尔来到约翰森床前，坐了下来，一脸内疚地说：“约翰森先生，您身体不好，我才知道，这是我的失职。黛丝太太给酒店做出了很大的贡献，她是我们酒店最宝贵的人才。这是我亲手做的一道鱼丸子，给您补补身体！”

约翰森努力地欠起身子，紧紧地握住科尔的手，感动得热泪盈眶……

科尔回到酒店，宣布了一项重要决定：“今后凡客人没有用完的菜肴，不要轻易倒掉，如果有员工需要，可以自己打包带回家。毕竟，我们有的员工还很不富裕。”

说到这里，科尔看了一眼台下的黛丝太太，她的眼圈一下子红了。

科尔的这项决定，令员工们欢欣鼓舞，拍手称好！员工们的工作积极性更高了。

这件事被一名前来就餐的记者发现了，他写了一篇文章发表在得克萨斯州《基督教科学箴言报》上。记者在文章中写道：“将有用的食物倒掉，不仅是一种浪费，更是一种人类的自我毁灭！珍惜食物，其实就是珍惜我们人类自己。酒店老板科尔的做法，无疑值得借鉴和推广。”

后来，得克萨斯州还专门颁布了一项法律：任何酒店、餐馆，都不得随意倒掉客人吃剩下的食物。将那些还可以食用的食物倒掉，就是一种犯罪。那些有用的食物，对于那些生活还很贫困的人来说，就是一种继续生活下去的勇气和希望。

黛丝太太笑了，她笑的很甜、很温馨。走出大酒店，她手里常常拎着一个布袋，里面装的是客人吃剩下的美味菜肴，更让她兴奋不已的是，她丈夫约翰森的病情已大为好转，能下地活动了。幸福、甜蜜的日子，正一天一天地向她走来……

来自天堂的633封情书

“夏洛特太太,有您的信!”随着一阵悦耳的铃声,邮递员西蒙先生对着一扇门高声喊了几声。

不一会儿,房门打开了,一个满脸笑容的妇人出现在门口。她从西蒙先生手里接过一封信,看了一下信封,脸上浮现出一丝红晕,幸福地说道:“是我的先生卡尔寄来的,每隔几天,他就要给我寄一封信,他总是那么牵挂我,这么多年来,他一直像当年我们恋爱时一样,总是那么缠绵、痴情。”

邻居琼斯太太正在自家花园里修剪花卉,看到这一幕,隔着花园的栅栏,羡慕地说道:“夏洛特太太,您真幸福,我们这小镇就您的信件最多,您家卡尔先生可真是个十分痴情的人。”说罢,她有些幽怨道:“我家先生约翰外出半年多,也不知道给我写一封信,他这人,一点也不懂得浪漫和情调。”

夏洛特太太温柔地说道:“琼斯太太,快别这么说,您家约翰先生我见过,他在家十分勤劳的,总是抢着干家务活。”

琼斯太太笑道:“下次您家卡尔先生回来,一定要告诉我一声，我要让我家先生和您家先生认识一下。夏洛特太太，您住在这里有十几年了吧？可我还从来没有见过卡尔先生呢，下次他回来，一定要告诉我一声啊！”

夏洛特太太似乎一愣，手上的信也掉在了地上。琼斯太太看见夏洛特太太失神的眼神，关切地问道：“夏洛特太太，您这是怎么了？”

夏洛特太太这才发现自己有些失态，赶忙弯下腰捡起那封信，说道：“没什么，我很好！”

夏洛特太太说完，赶紧回到屋里去了。

看着夏洛特太太慌乱的神情，琼斯太太心里不禁升起一丝疑惑。

夏洛特回到屋里，坐在写字台前，从抽屉里拿出一把剪刀，将刚收到的那封信剪开，抽出里面的信，轻轻读了起来：“亲爱的夏洛特夫人，这是我给你写的第625封信。转眼，我已离开你12年了，12年来，我在天堂，无时无刻不在想念着你……”

读着读着，夏洛特太太眼里不知不觉噙满了泪花，她掏出纸巾，轻轻擦去脸上的泪痕，然后伏在桌前，摊开信纸，拿起笔，认真写了起来，边写边轻轻读着：“亲爱的夏洛特夫人，这是我给你写的第626封信……”

第二天，夏洛特太太离开家，走了很远，来到一家邮局。她从包里拿出自己写好的那封信，放在唇边轻轻吻了吻，然后放进邮筒里。

过了几天，夏洛特太太又听到一阵悦耳的铃声，邮递员西蒙先生用清脆嗓音的喊道：“夏洛特太太，有您的信！”

不一会儿，夏洛特太太满脸笑容出现在门口。她从西蒙先生手里接过信，看了一下信封，脸上浮现出一丝红晕，幸福地说道："是我的卡尔先生寄来的，每隔几天，他就要给我寄一封，他总是这么牵挂我，还像当年初恋时一样，总是这么缠绵、痴情。"

那一刻，空气中似乎流淌着一缕甜甜的馨香……

日子就这样一天一天平静地过去了。一天，琼斯太太到夏洛特太太家串门，刚走到夏洛特太太家门口，就听到屋内传出夏洛特太太的声音："亲爱的夏洛特夫人，这是我给你写的第633封信，转眼，我已离开你12年了，12年来，我在天堂里，无时无刻不在想念着你……"

琼斯太太一下子愣住了，心想，这是什么信？她轻轻推开虚掩的门，看见夏洛特太太正伏在桌前，边写边轻轻读着。琼斯太太感到十分惊讶，怎么夏洛特太太自己在给自己写信？

琼斯太太轻轻咳嗽了几声，夏洛特太太抬起头，看见是琼斯太太进来了，她赶紧将桌上的信塞进了抽屉，神情有些慌乱地说道："琼斯太太来啦，您快请坐。"慌乱中，她的手将桌上的纸和笔，一下子都带到了地上。

琼斯太太连忙走了过来，她边帮夏洛特太太捡起地上的东西，边望着夏洛特太太说道："亲爱的夏洛特太太，刚才我在门口都听到了您用您先生卡尔的口吻在给自己写信，能告诉我，您的故事吗？"

夏洛特太太眼里一下涌出泪水，那一刻的空气中，似乎弥漫着一缕苦苦的酸涩。她终于点了点头弯腰从床下拖出一只皮箱，打开皮箱，映入眼帘的是一沓沓捆扎整齐的厚厚的信件，她拿出一沓信件递给琼斯太太，温婉地说道："这些信都是我用卡尔先生的口吻给自己写的信，12年了，一直没有间断。

"当年，卡尔就是用这一封封情书打动了我，我才嫁给了他。我们在一起很幸福，尽管我们天天在一起，可卡尔依然几天后就给我写一封情书。情书是我们感情的纽带；情书倾诉着他对我的相思；情书把我俩紧紧地联系在一起。可是，这种幸福似乎很短暂，我们结婚才10个月，卡尔就得了一场大病，不幸去世了。

"卡尔去世后，我离开了我们生活过的内华达州弗吉尼亚城，搬到现在的新泽西州莫里斯敦小镇。在我心里，一直思念着卡尔，忘不了当年卡尔给我写的一封封情书，于是，我就想到了用卡尔的口吻给自己写信，我想，这也是卡尔想要对我说的话。这一写，就是整整12年，每写一封信，我就感到卡尔并没有离去，他就在我身旁，和我娓娓絮语。"

琼斯太太静静地听着，不知不觉，已是泪流满面。她用纸巾轻轻擦去脸上的泪水，哽咽道："夏洛特太太，您有过一份美好的爱情，这份爱情，也深深地打动了我。卡尔在天堂一定会知道的，他一定会像您给自己写的那些信中所说的那样，那份属于你们俩真挚的爱情，永远是那么甜蜜、那么美好。"

夏洛特太太脸上露出一缕羞涩的红晕，她从抽屉里拿出一封信，说道："这是我刚写好的第633封情书，我明天就去邮局寄。"

琼斯太太说："我马上回家去，也用我家约翰先生的口吻给自己写一封信，我也要像您那样，一直写下去，也许有一天，约翰看到那些信，一定会感动不已，说不定，他也会提笔给我写一封情书呢。情书，不仅是婚前的附庸风雅，也是婚后的锦上添花，它是一份美好和祝福，亘古绵长。”

夏洛特太太拉着琼斯太太的手说：“让我们一个为来自天堂的爱写情书，一个为来自人间的爱写情书，无论人间还是天堂，都有爱，爱能穿越时空、穿越天地，走近最心爱的人身旁。”

俩人手挽手走向窗前，她们看到，花园里郁金香正开得浓烈，空气中，散发出淡淡的馨香，沁人心脾……

第七辑

隐秘的莲花

塔巴低下头，轻轻地抚摸着胸前那个莲花挂件，他看着那个莲花挂件，恍惚中，仿佛看到爸爸、妈妈，还有弟弟、妹妹，他们在天堂里向他露出灿烂的微笑，他们仿佛在说：“孩子，我们虽然不在你的身边了，但是，弗瑞克大街的人们，就是你的亲人，他们每一个人，就像一朵朵隐秘的莲花，将爱的光芒照在你身上，那一朵朵隐秘的莲花，就是你的爸爸、妈妈，你的兄弟姐妹。”

笑点低的孩子

吉斯是一个十分普通而特别的孩子，大家在他的身上几乎看不见一点过人之处。他学什么都比别人慢半拍，人家作业早写完了，他才写了一半；他甚至没有一项特长，吹拉弹唱什么都不会，就连简单的转呼啦圈也不会；老师表扬学习好的同学时也从来没有他的名字；排练文艺节目，全班同学几乎都参加的大合唱也没有他。

有一次，老师让全班同学每个人说个笑话，许多同学说的笑话，全班同学听了，都笑个不停，有的还笑弯了腰，笑出了眼泪。

轮到吉斯说了，他想了好一会儿，才说道："今天在上学路上，我看到了一只小猫慌慌张张地过马路。"说完这句话后，他自己脸上露出灿烂的笑容，也许那一幕他感到特别好笑。

可全班没有一个同学觉得好笑。老师面无表情地说道："下一个同学。"下一个同学刚说完，立刻引起全班同学哄堂大笑，老师也笑得直抹眼泪。

吉斯心里很难过，他不知道为什么自己笑点这么低，别的孩子笑点那么高。他疑惑地问爸爸:“大家为什么觉得我没有趣呢?”

吉斯的爸爸是一名卡车司机，他开着一辆装满货物的大卡车,每天奔波在公路上。听了吉斯的问话,爸爸伸出宽大的手掌,温柔地抚摸着吉斯的头,亲切地说道:“孩子,我每天开着大卡车奔波在公路上,总会看到路两旁有许多树木、电线杆一闪而过,也看到了许多广告牌、宣传画。当人们看到那些五颜六色的广告牌、宣传画,总会多看一眼,对那些创意新颖的广告牌、宣传画，会觉得很有趣。许多商家也许正是揣测到路过司机的这种心理,所以他们尽量地将那些广告牌、宣传画画得更吸人眼球,以便让更多的人关注。令人意想不到的是，那些画得越吸人眼球的广告牌、宣传画的路段,就越容易发生事故,因为人们只顾着看那些广告牌、宣传画了,而忽略了安全。相反,那些只有孤零零的树木、电线杆的路段,却很少发生事故,人们对它们不屑一顾，觉得它们没有什么引人关注的地方。而那些缺少关注的树木、电线杆,并没有因为它们没有什么特别,就改变了自己的生活方式。它们永远按照自己的生活方式，伫立在大地上。而它们孤零零地伫立,却为大地投下一片绿荫,支撑起万家灯火的灿烂。”

爸爸又意味深长地说道:“孩子,我们每个人特点是不一样的,有的人的特点就像那些树木、电线杆,虽然看起来没有什么特点,但是他们总有一种内在的东西,这种内在的东西外表是看不出来的。”

听了爸爸的一番话,吉斯情不自禁地笑出声来,他说道:“原来我像一棵树、一根电线杆啊,真笑人。”说罢,吉斯又自己笑出声来。

吉斯在学校里，不再感到自卑和羞涩，他依然按照自己的生活方式生活着，他常常想到那一棵棵树木、一根根电线杆。

春天到了，阿尔卑斯山开满了郁金香，老师组织全班同学去观赏郁金香。小伙伴们听说要去观赏郁金香高兴极了，三三两两的结成伴儿，叽叽喳喳，互相商量着到时带什么好吃的东西。没人想到和吉斯结成伴儿，吉斯看着大家兴奋的样子，自己整理着书包里的东西，脸上笑盈盈的。

雨过天晴，天空像水洗般澄澈。大客车里坐满了人，同学们一路上叽叽喳喳指着窗外的风景，兴奋地议论着。吉斯一个人坐在旅游客车的最后面。他看着一棵棵树木、一根根电线杆和一块块广告牌、宣传画向车后飞速离去，咧嘴笑着，心想，我就是那一棵棵树木、一根根电线杆呢。

突然，意想不到的事情发生了。由于刚下过一场雨，路面十分湿滑，客车在转弯时，因为车速过快，一下子冲到路边水田里。

司机撞昏迷了，全车人全吓蒙了，还有的受了伤，大家不知所措，只是发出凄惨的尖叫声和哭泣声。

吉斯也被突发情况吓蒙了，但很快他就冷静下来。他从破碎的车窗爬出来，马上用手机拨打电话报警，报告自己所在的方位。然后，他开始将同学们一个一个地从破碎的窗口拉出，将受伤的同学平放在路边。

吉斯累得气喘吁吁，被救的同学拉着他的手，感动地说道："吉斯，谢谢你救了我，你真了不起！"

吉斯摆摆手，羞涩地说道："你这样一说，我感到很不好意思，你们都很了不起！”

不一会儿，警察和医护人员都赶到了现场。吉斯又帮助医护人员将受伤的同学抬到了救护车上，帮警察维持着现场秩序。警察和医护人员紧紧地握着吉斯的手，说道：“小同学，感谢你在第一时间向我们报警，给我们赢得了宝贵的救援时间，而且在事故现场帮我们干了这么多事，你是一个很了不起的人。”

吉斯听了人们的夸赞，脸上露出羞怯的神色。他突然想到，我是不是像爸爸说的那样，我就是那些树木、电线杆，那种内在的特点被人发现了啊！

吉斯还是像过去那样，是一个笑点十分低的孩子。不过，老师和同学们似乎都明白了一个道理，有的孩子笑点低，这是他们的一种个性，并不应该歧视和忽视他们。

校长琼斯女士在全校师生大会上，动情地说道：“我们每一个人的特点不同。关注那些在平常生活中不一样的孩子，不仅是我们的一种责任，也是一种爱和善良。”

一支勇敢的棒球棒

“卡尔！卡尔！”放学了，纽约州西蒙小学四年级的几个同学高声喊着一个名叫卡尔的孩子。一个有着一头金黄色鬈发的男孩回过头来，手里举着一支棒球棒，高声地回答道：“大家好！我要去棒球馆打一会儿棒球，你们和我一起去吗？”

几个同学相互望了一下，说道：“不去了！我们还要赶回去做作业呢。”

卡尔说：“那我还要打会儿棒球再回家。”

几个同学面面相觑，一个同学低声说道：“卡尔真幸福，他每天放学还能打会儿棒球。我们回家稍微晚了些，爸爸、妈妈就凶神恶煞地盘问为什么回来晚了？如果没考好，就像到了世界末日。”其他几个同学附和道：“是啊！卡尔真幸福。”

卡尔从小就喜欢打棒球，他曾经的愿望是长大了去当一名像辛普森一样的优秀棒球运动员。可是，在他10岁的时候，因一场意外的车祸，造成了他一条腿骨折，使他想当一名优秀棒球运动员的梦想破灭了。但是，热爱这项运动的热情丝毫没有破灭。

他的腿一好，就一颠一颠地又奔跑在棒球场上了。

卡尔的爸爸、妈妈是做律师工作的，他们对于儿子这种爱好，不仅没有反对，反而十分支持，他们说，孩子爱运动，可以锻炼他的意志，做家长的只能加以引导，不能强求他应该怎么样，不应该怎么样，那样的话，也是一种违法行为。

卡尔的爸爸、妈妈真不愧是律师，三言两语都上升到法律高度。

老师琼斯小姐找到卡尔的爸爸、妈妈，告诉他们说："现在学习很紧张，许多家长都为孩子请了家教，卡尔的学习在班上排名不是前几名，他还很喜欢打棒球，这多影响学习啊，真让我焦虑不安！希望你们能制止卡尔这一爱好，最好能为卡尔请一名家庭老师，给他加把劲儿。"

卡尔的父母感到很疑惑，他们说："孩子喜欢打棒球，这只是他个人的爱好，我们真的无权干涉。再说，他每天在学校学习已经够辛苦了，如果再给他请个家教，这不加重了他的学习负担吗？"

琼斯小姐听了，只得悻悻然地离去了。

由于卡尔球技突出，他被吸收进了纽约州小学生棒球队，并且成了一名主力队员。当人们得知卡尔的一条腿曾经受过伤，都钦佩不已，他们认为卡尔的这种精神和毅力，是大家学习的榜样。

卡尔的学习成绩开始中等了，琼斯小姐心急火燎地找到卡尔的爸爸妈妈。心情沉重地说道："如果再这样下去，卡尔以后就没有什么出息了，还是让他赶紧停止打棒球，给他请个家教吧。"

看着琼斯小姐痛心疾首的样子，卡尔的爸爸还是耸耸肩说道:"还是按照孩子的意愿吧,我们不能越俎代庖,为孩子人为地设置条条框框,那样的话,如果孩子起诉我们,我们将会受到法律制裁的。"

琼斯小姐听了,只得悻悻然地离去了。

一天,学校组织同学到蒙卡利风景区旅游。同学们玩得都很开心,在回来的路上,由于车速过快,旅游车在高速公路上发生了严重的车祸,旅游车发生侧翻,一车人被困在车上,情况万分危急。

面对突发事故,全车人都蒙了,琼斯小姐吓得六神无主,不知所措,只是一味地哭泣。卡尔揉着疼痛的腿,发现情况紧急,立刻急中生智,用手中的棒球棒敲碎了车窗玻璃,然后将学生一个个地拉出窗外。看到琼斯小姐瘫在车里,只是哭泣,他就爬到她跟前,安慰道:"别怕,琼斯小姐,我拉着您,将您送到窗外,到了外面,您就安全了。"

在卡尔的帮助下,琼斯小姐终于爬出窗外。到了车外,卡尔这才发现,他的那条曾经受伤的腿,已被鲜血染红了裤脚……

由于卡尔的沉着和冷静,为营救全车师生赢得了宝贵的时间。等警察和消防队员赶到时,全车人都已全部安全脱险。

当得知是卡尔帮助全车人安全脱险的,警察和消防队员都钦佩不已,他们互相传递着那支棒球棒,激动地说道:"这支棒球棒,是一支生命之棒,卡尔的勇敢和冷静,让我们看到了卡尔身上体现出来的少年志气,值得我们每个人学习。"

在全校师生大会上,校长彼得先生手里握着一支棒球棒,激动地说道:"一个人在这个社会上,如何学会生存才是十分重要的。在险情面前，卡尔的英勇和无畏，告诉我一个浅显而深刻的道理，在危难面前，学会自救并能勇敢地援救他人，才是我们学校需要培养的合格人才。”

如果你来到西蒙小学参观，你将会得到该校的一枚校徽：校徽是一支棒球棒，师生们会向你说起这支棒球棒勇敢的故事。

他是一只卡通熊

小约翰对母亲琼斯太太说:“圣诞节到了,我将在学校表演节目,邀请您到学校去观看我表演节目。”

母亲听了,高兴地说道:“孩子,你真棒！妈妈真替你高兴。”说罢,母亲在小约翰的额头轻轻地亲吻了一下。

小约翰的脸颊顿时飞上两朵红晕,像天上的彩虹。

小约翰7岁了,在得克萨斯州达拉斯市一所小学上三年级。小约翰很喜欢唱歌、跳舞,每当电视上有小朋友表演节目,小约翰总是跟着模仿。小约翰的表演虽然显得有些笨拙,但他学得很认真。母亲在一旁看见了,常常夸他表演的很好。小约翰心想:“我要是也能在学校圣诞节的晚会上,像好朋友卡尔一样登台表演一个节目就好了。”

卡尔的母亲是一名大提琴演奏员,在她的言传身教下,卡尔从小就会拉一手漂亮的小提琴,他的琴声,悠扬、动听,像泉水一样,潺潺流淌。卡尔曾在圣诞节晚会上表演的小提琴独奏,令台下观众如痴如醉,引来阵阵热烈的掌声。许多同学的家长都认识卡尔，他们都夸卡尔是个小音乐家。

小约翰常常抚摸着卡尔的小提琴，眼睛里流露出羡慕的神色，他多么希望也和卡尔一样能拉出一手优美的琴声，像泉水一样，潺潺流淌。可是，他的目光很快又黯淡了下来。他知道，母亲在商场当售货员，薪水很低，买一把小提琴，需要母亲半个月的工资，而且学小提琴的费用很高，他只能将这份美丽的希望埋藏在心里。但是，他渴望也能在圣诞节晚会上台表演一个节目，这种渴望在他心里一直像熊熊燃烧的火焰，从没熄灭。

当老师终于同意他登台和卡尔一起表演节目时，他高兴极了。他想，这是自己送给母亲最好的圣诞礼物，母亲看到自己的表演，一定会像其他孩子的母亲一样，紧紧拥抱着自己，亲吻着自己的额头。那一刻，他一定会幸福地陶醉在爱的氛围中的。

圣诞节晚会到了。母亲琼斯早早地来到了晚会现场。街坊邻居们听说小约翰要在圣诞晚会上表演节目，也都兴高采烈地早早来到了晚会现场，来观看小约翰表演的节目。街坊鲜花铺里的老约翰先生，听说小约翰要在圣诞晚会上表演节目，将自己打扮成一个圣诞老人，也兴致勃勃地来到了晚会现场。

晚会上，小朋友表演了一个又一个节目。歌声飞扬，琴声悠悠，一阵又一阵热烈的掌声在晚会现场响起。

卡尔的小提琴独奏，更是引起了一阵又一阵热烈的掌声。一曲演奏结束，在观众的尖叫和欢呼声中，卡尔又即兴地拉了一曲。

琼斯和街坊们，都将眼睛瞪得大大的，他们都在努力寻找着小约翰的身影。可是，人们的眼光渐渐地黯淡下来。除了一只卡通熊在卡尔身后蹦来蹦去，一直没有出现小约翰的身影。

街坊邻居们不停地问琼斯太太，小约翰在哪呢？老约翰将圣诞老人的白胡子也拿了下来，不停地四下张望着，嘴里喃喃自语道："我的小约翰在哪儿？"

可是，一直到晚会表演结束，大家谁也没有看见小约翰。琼斯太太忽然控制不住自己的情绪，流下了伤心的泪水。街坊邻居和老约翰也都站起了身，神情沮丧地准备离开。

忽然，琼斯太太听到儿子的声音："妈妈，您看到我表演了吗？我表演得好吗？"

琼斯太太寻声望去，只见儿子身着笨拙的卡通服，手里拿着一顶卡通熊头套，一脸汗水跑了过来，他的身旁是拿着一把小提琴的卡尔。

母亲看到儿子，泪水又一下子夺眶而出，她哽咽地说道："你表演的什么呀？我们都没有看见你呀！"

小约翰脸上露出兴奋的光芒，他举起手中的卡通熊头套，说道："我在台上看到了您啦！我还看到了街坊邻居们，还有约翰先生呢！我表演的是那只为卡尔伴舞的卡通熊啊！"

短暂的一阵沉静后，周围忽然响起了热烈的掌声。琼斯太太将小约翰紧紧地搂在怀里，哽咽地说道："我看到了，你表演得太好了，那是一只非常活泼、可爱的卡通熊！"说罢，母亲在小约翰的额头上轻轻地亲吻了一下。

小约翰幸福地笑了。

街坊邻居们听了，恍惚片刻后，也都惊喜地说道："小约翰，你表演的那只卡通熊真是太可爱啦，又蹦又跳的，逗得我们开怀大笑！"

老约翰走了过来，他紧紧地搂住小约翰，说道："孩子，你表演的那只卡通熊，是一只非常可爱的卡通熊，我一直在心里嘀咕，这是哪位小朋友装扮的卡通熊啊，表演得真好，原来是我们可爱的小约翰啊，我真为你高兴啊！"

大家都夸小约翰表演的那只卡通熊非常可爱。小约翰听了，脸上愈发地红润，绽放出幸福的笑容，好像连眉毛都在笑呢。

卡尔走到约翰母亲琼斯跟前，激动地说道："我的小提琴演奏，如果没有约翰装扮成卡通熊给我伴舞，演奏效果就会差了许多，约翰真是我最好的朋友！"

说罢，他紧紧地拥抱着小约翰，眼睛里闪烁着激动的泪花，喃喃地说道："谢谢你！我的好朋友约翰！你真了不起！"

大家都对小约翰的表演赞不绝口。舞台上，那只憨态可掬、蹦蹦跳跳的卡通熊在人们脑海里留下了难忘的印象，虽然小约翰穿着笨拙的卡通服，头上戴着小熊头套，将自己严严实实地包裹起来，人们看不见他的脸，但是，人们都记住了那只卡通熊，因为那只卡通熊是由小约翰扮演的啊！

从此，小约翰走在小镇的大街上，常常听到人们对他喊道："小约翰，你真是一个可爱的卡通熊！"

小约翰笑了，笑得很甜、很明媚。他情不自禁地又手舞足蹈起来，就像舞台上那只活泼、可爱的卡通熊，给人们带来绵绵不绝的回味和甜蜜。

小约翰心里一直记着妈妈说过的话："孩子，如果你成不了一名小提琴手，那么你能成为一只又蹦又跳的卡通熊，也是很了不起啊，它同样给人们带来了欢声和笑语。"

偷影子的人

王小小家里很困难，他生活在一个单亲家庭里，与母亲相依为命，母亲又是一个身体有残疾的人，仅靠低保维持生活。虽然家庭条件很差，但王小小学习很好，他很用功、很努力，在班上还是学习委员，从没让老师和母亲操过心。

班上许多同学参加了音乐、美术、棋类等兴趣培训班，丰富了孩子们的兴趣和爱好，陶冶了情操。但王小小从没参加过这类兴趣学习班，每当看到别的同学兴高采烈地拿着乐器、画夹、棋盘等去培训班学习，王小小的眼睛里，总是露出羡慕的神色。

与王小小同座位的许田田有一把漂亮的小提琴，他参加了小提琴培训班，会拉一手漂亮的小提琴。有时课间休息时，许田田在座位上摆弄着他的小提琴，王小小在一边总是目不转睛地看着，两只手还不停地惟妙惟肖比画着，好像自己也在拉小提琴。

一次，学校举办“六一”儿童节文艺表演，许田田马上就要上台表演了。可是，他小提琴上的一根琴弦突然断了，许田田急得流出了眼泪。

王小小对许田田说，不要着急，我帮你把琴弦安装上。

许田田疑惑地问道，你会安琴弦？

王小小说，我上次看到你的一本乐器书上有介绍琴弦断了，应该怎样安装琴弦的方法，我就记下来了。

许田田将信将疑地将小提琴小心翼翼地递给了王小小。王小小接过小提琴，很快就将琴弦安装上了，然后轻轻调试了一下，小提琴又发出了悦耳的声音。

许田田惊讶地说，王小小，你太聪明了，你能拉一曲给我听听吗？

王小小笑了笑，说道，好的，我试试吧！

王小小左手托起小提琴，用脖颈轻轻压住琴身，右手优雅地拿起琴弦，轻轻拉起，顿时，一曲优美的音乐如潺潺流水，倾泻出来。

许田田和同学们都热烈地鼓起掌，他们兴奋地喊道，请王小小上台表演一段小提琴独奏。老师也在一旁微笑着向他点头示意。

王小小脸庞红的像熟透的红苹果，他拿起许田田的小提琴，在台上演奏了一曲热情、欢快的《小骑兵》。一曲演奏结束，同学们又高声喊道，再拉一曲、再拉一曲！

王小小又拉了《母亲教我的歌》《采茶调》《花鼓》等。悠扬的琴声，在音乐大厅里久久回荡……

王小小走下舞台，兴奋地对许田田说，谢谢你！给了我这次表演的机会。

许田田激动地说，如果要说感谢，应该是我要感谢你！你的琴声深深地打动了我，我要好好向你学习，这把小提琴以后就我俩一起拉吧。

王小小紧紧拥抱着许田田，眼睛里闪烁着幸福的光芒……

班上有几个同学参加了围棋培训班，下午自习课，几个同学常常围在一起切磋棋艺。王小小做好了作业，也来到他们身边，静静地观看着。他时而微蹙眉头，时而频频颔首，很认真的样子。

被同学们称为“小棋圣”的黄强，挑衅地望了王小小一眼，揶揄道，你又没参加围棋培训班学习，你能看得懂吗？

王小小腼腆地一笑道，我常看你们下棋，又翻阅了一下你们的围棋书，现在已略懂了一点。你看，刚才黑方提子后，你白方不应立即反提，如果反提，应先“寻劫”，在下处下一着，就能造成对黑方一定的威胁。

黄强听呆了，他眼睛一眨不眨地望着王小小，忽地一下站起身，拉起王小小的手说，小小，你说得太对啦！请你坐下来，我俩好好切磋一下。

王小小推辞一番，看到黄强一片热情，就坐了下来。他让黄强执黑先走，然后在左上角放下一枚白棋。随后，双方在交叉点上，互相抢占地盘，棋盘上，顿时狼烟四起，刀光剑影，好不精彩。

一盘棋下完了，黄强站起身，向王小小深深地鞠了一躬，说道，小小，你才是我们班上真正的“小棋圣”。

…………

王小小虽然家里条件不好，没有参加过各种培训班，但他无师自通，在不知不觉中，学会了许多本领，同学们亲切地称他是“偷影子的人”。他们说，王小小的“偷”，给我们树立了榜样，他勤奋好学，自强自立，这种精神和毅力，永远值得我们大家学习。

听见指间的黑白

伊莎是一名盲童，从生下来就没有看见过外面的世界，自然也没有颜色的概念。在她的脑海里这个世界是一个黑暗世界，这个黑暗世界，像一个巨大的黑洞，充满了神秘和恐惧。

伊莎的妈妈是一名小学老师，当她得知伊莎是一名先天性的盲童后，悲伤的泪水一下子从眼睛里流了出来，她紧紧地搂着伊莎，哽咽道："亲爱的伊莎，你虽然看不见外面的世界，但是，你能'听'见啊，用耳朵去'听'，同样能听见外面的颜色，听到的颜色，同样缤纷异彩，色彩斑斓。"

伊莎懵懂地感到，这个世界的颜色，是可以"听"到的，"听"也是一种看，甚至能"听"到的更远、更清楚。

生活中，妈妈竭力培养伊莎用耳朵去"听"外面的世界，并用语言解释她所"听"到的颜色。每当"听"到一种颜色，伊莎总是欢快地拍起小手，高兴地叫道："我听到了颜色了！我听到颜色了！原来红色是这样的、黑色是这样的、白色是这样的……"

看着伊莎欢快的神情，妈妈眼睛里流下了幸福的泪水，她为伊莎一点一滴的感知到外面的世界，欣喜不已。

在“听”见中，伊莎一天天长大了，成为一个十分开朗、活泼的小女孩，她虽然是一名盲童，可是她从不觉得自己和别的孩子有什么不一样，一点也不自卑，她有许多小朋友。小朋友们都喜欢和伊莎在一起，她们说，伊莎就是她们的“开心果”。

妈妈惊讶地发现，伊莎虽然看不见外面的世界，但是她对音乐十分敏感，每当伊莎听见音乐的声音，就会情不自禁地手舞足蹈起来，那一举手、一投足，让人充满了爱怜。

妈妈将伊莎送到一所钢琴培训学校。伊莎一到钢琴培训学校，听到老师茜拉小姐弹奏的音乐，立刻跟着音乐的节奏，欢快地哼唱起来。

茜拉小姐惊讶地说道：“这小姑娘的乐感太强了，快到老师这边来，让老师教你弹钢琴。”

伊莎高兴地坐在钢琴前，两只手放在琴键上，茜拉小姐告诉伊莎：“钢琴上共有88个键排列和分布，其中黑键36个，白健52个；黑键是两个一组和三个一组。”在茜拉小姐手把手的指引下，伊莎很快地熟悉了钢琴的排列和分布。渐渐地，伊莎熟悉了钢琴上所有键的位置，她的两只手仿佛像长了眼睛，在琴键上飞快地跳动翻飞着。

伊莎进步很快，已经能弹奏出完整的音乐了，许多视力健康，比她早来学钢琴的小朋友，还没有她弹奏的好。茜拉小姐由衷赞叹道：“伊莎是我教过的最聪明的学生，她虽然看不见，但是她的悟性、她的乐感，都十分令人惊讶，伊莎说得好，‘我虽然看不见，但是，我能听见，我能听见这指间的黑白。’”

学校举办文艺节目,伊莎独奏德彪西的名曲《月光》,常常成为保留节目。听着这首曲子,仿佛把人们带进一个梦幻般的世界,在那个世界里,人们感到了一种音中有画,画中有音的艺术意境。

看着伊莎在台上如行云流水般地弹奏钢琴,人们不禁心潮起伏,激动不已。伊莎双目失明,但是,她却克服了常人难以想象的困难,凭着自己对音乐的理解和悟性,弹奏出人生的最强音。她的坚强和毅力,给人们带来了一种启迪和动力。人生有残缺不可怕,可怕的是在残缺面前,失去了动力和勇气。

当地的《每日新闻报》记者凯特来采访伊莎,请她谈谈是如何弹奏出这么美妙动听的音乐?

伊莎俏皮地用耳朵做了一个聆听状,然后深情地说道:"我虽然是一名盲童,但是,我能'听'见这美丽的世界,听,同样能听得远、听得仔细。我们每一个生命都是一种绽放。怀着一颗感恩的心,去拥抱这个世界,热爱这个世界,就会听见指间的黑白。"

凯特在采访本上,郑重地写下这样一行字:听见指间的黑白。

关注新页面

玛莎是英国小城巴斯的一名小学四年级的老师。她在网上开了一个博客,每天,她都要在博客里写上自己的教学心得,她的博客吸引了许多网民的关注,尤其是在校的中小学生。她在教学中,还要求每个同学都开一个博客。

在玛莎的提议下,班上每个同学都开了一个自己的博客,玛莎和同学们互相关注着,通过博客,玛莎了解每一个同学的思想动态和变化,不断改进自己的教学方法。博客,就像一条看不见的红丝线,将她与同学们的心紧紧地联系在一起。

有老师向玛莎反映,班上的乔治同学太贪玩了,经常上课做手工劳动,他的抽屉里塞满了各种手工作品,像个垃圾场,批评了他多次,他也不听,这个学生将来肯定没有什么出息。

玛莎打开乔治的博客,发现乔治的博客里,有他做的各种手工作品照片,那些手工作品栩栩如生。她在乔治的博客里留言道:乔治,你真是个聪明的孩子,看到你做的那些手工作品,老师都羡慕不已。不过,你做的那些手工作品如果放在课桌的抽屉里太可惜了，我想在学校阅览室，为你举办一次手工作品展览，让更多的同学欣赏到你的手工作品。

第二天，玛莎打开乔治的博客，只见乔治新写了一篇博文。乔治在博文中写道，看了玛莎小姐在我博客里的留言，我倍受鼓舞，没想到，我做的那些手工作品还能得到老师的肯定，这是多么大的一种荣耀。

乔治的手工作品在学校阅览室如期展出了，吸引了许多同学前来观看，同学们对乔治的心灵手巧赞不绝口。有的同学还在留言簿上写道，观看乔治的手工作品，也给了我一种信心和力量，我今后学习，也要有乔治同学那种锲而不舍的精神；也有同学写道，这一件件手工作品，倾注了乔治大量心血，让我钦佩不已……

乔治变了，学习上变得积极、努力了。他不在课堂上做手工作品了，课余时间，他还组织了一个课外兴趣活动小组，大家在一起做手工作品，并从中感受到了一种别样的快乐。

一天，玛莎在琼斯同学的博客里看到她写的一篇文章，琼斯说，我最怕写作，总觉得没有什么东西可写，看到别的同学写起文章来，总是写得有血有肉，而我写起来却总是干巴巴的，心里很着急。

玛莎看到了，在她博客里留言道，我小时候像你一样，也怕写作文，后来，我爸爸对我说，要想写好作文，必须要多看、多想、多练，这样才能逐步提高写作水平。你不妨按照这样的方法试试。

第二天，玛莎在琼斯的博客里看到她新写的一篇文章，题目是：多看、多想、多练。文中说，看了玛莎小姐在我博客里的留言，我似乎找到了一把写作的金钥匙，是啊，我平时就缺乏多看、多想、多练，这样怎么能写好文章呢？写作是不可能一蹴而就的，它需要平时知识的积累，这个过程绝不能省。

过了一段时间，玛莎发现琼斯的作文比过去写得好多了，情节、细节、语言上的描写都有很大进步，不禁暗暗欣喜。她看到琼斯在一篇博文中写道，多看、多想、多练，真的是写作的一大法宝。谢谢玛莎小姐，她给了我一把开启写作大门的金钥匙。

玛莎又在琼斯的博客里留言写道，坚持数年，必有好处，说不定将来有一天，你还会获得诺贝尔文学奖呢。

玛莎和琼斯俩人在博客中的交流，被同学们都看见了，大家也都按照这种方法练习，天长日久，同学们的写作水平，都有了很大提高，现在大家不再将写作当作是一件头痛的事了，都深深地爱上了写作，写作，带给了他们无穷的快乐和享受。

…………

玛莎通过博客，关注着每一个同学的思想动态，从博客中，她看到了同学们的所思所想，并利用博客交流，收到了事半功倍的教学效果。

玛莎在她的博客里写道，每个孩子都是天才，没有教不好的学生，只有教不好的老师。关注每一个孩子，你会惊喜地发现，孩子们每一天都在悄悄地发生着变化，心里总是充满了甜蜜和幸福。

会飞的红舞鞋

“珍妮，你没有红舞鞋不能参加舞蹈队，你看哪个小朋友脚上没有红舞鞋？”被舞蹈老师唤作珍妮的小姑娘，低头看了看自己光着的脚，又看了看别的小朋友脚上的红舞鞋，眼睛里一下子噙满了泪水，然后默默地走出训练房。

珍妮是一个十分漂亮的小姑娘，她在内华达州亨德森西蒙小学上三年级。珍妮十分喜欢跳舞，每天放学后，她都要跑到学校训练房窗户外往里看小朋友跳舞。那5个小天鹅随着音乐，跳起舞来多么婀娜多姿，惟妙惟肖。看着看着，珍妮情不自禁地在窗外也翩跹起舞，仿佛自己也成了一个美丽的小天鹅。

一次，舞蹈老师黛丝看到窗外那个有着一头金黄色头发的小姑娘在翩翩起舞，模样十分可爱，就对小姑娘说：“你只要穿上一双红舞鞋，就进来和其他小朋友一起跳吧。”

珍妮听了，立刻兴奋地跳了起来。她高兴地往家里跑去，她想让爸爸给自己买一双红舞鞋。可是走着走着，心里不禁沉甸甸的。她想，爸爸会给自己买双红舞鞋吗？

珍妮生活在一个单亲家庭里，与爸爸相依为命，可是爸爸没有工作，而且是个酒鬼，常常喝得酩酊大醉，一直靠社会救济生活。果然，当她回到家，喜滋滋地央求父亲给她买双红舞鞋时，父亲立刻瞪着通红的眼睛，呵斥道："买那个干什么？又不能当酒喝！"

珍妮默默地转身，眼泪像断了线的珠子，吧嗒、吧嗒往下掉。

她在书上、练习本上画了一双双红舞鞋，那些红舞鞋像长了翅膀，在天空中飞翔……

珍妮虽然没有红舞鞋，但是她依然每天放学后，都要跑到训练房，趴在窗户上往里看，有时趁舞蹈老师黛丝不在，赶紧溜进去，光着脚，也学着其他小朋友的样子，翩跹起舞。看到老师来了，又赶紧溜了出去。

一天，珍妮走进教室，刚坐到座位上，忽然惊喜地发现抽屉里有一双崭新的红舞鞋。她激动地将红舞鞋拿在手里，发现红舞鞋上还有一张小纸条，上面写着一行字：会飞的红舞鞋。

珍妮惊讶地问遍了班上的所有同学，这双红舞鞋是谁送的？大家都说不知道。同学们都笑着说："别管是谁送给你的了，你就穿上它跳舞吧，因为它是一双会飞的红舞鞋。"

珍妮轻轻亲吻着红舞鞋，喃喃地说道："这是双会飞的红舞鞋！会飞的红舞鞋！"

放学了，珍妮又来到了训练房。她从书包里拿出那双红舞鞋穿在脚上，她感到这双红舞鞋非常合脚，感到自己真的要飞起来了。她踮起脚尖，身轻如燕地滑向舞池。大家惊讶地发现珍妮穿上了红舞鞋，跳起舞来美极了。

舞蹈老师黛丝发现珍妮又跑到舞池里跳舞，正要发火，忽然发现她脚上穿了一双漂亮的红舞鞋，舞姿显得格外轻盈、曼妙。黛丝笑道："珍妮，从今天起，你就扮演6小天鹅里第6只小天鹅。"

珍妮高兴地与其他5只小天鹅随着音乐，欢快地跳起了小天鹅舞。

珍妮扮演的第6只小天鹅，活泼又可爱，她的舞姿柔美、细腻。人们常常问道："珍妮，你扮演的小天鹅为什么这么活泼可爱呢？"珍妮腼腆地笑道："因为我有一双会飞的红舞鞋！"

同学们都爱看珍妮跳舞，每当珍妮出场的时候，同学们都喜悦地说道："珍妮跳得多美啊，因为她有一双会飞的红舞鞋！"

回到家，珍妮穿起红舞鞋，给爸爸跳起了优美的小天鹅舞。爸爸刚刚从外面喝得醉醺醺地回到家。他看着眼前女儿跳得那么美丽，仿佛一只飞舞的天鹅。突然，爸爸流下了两行混浊的泪水，他哽咽地说道："没想到我女儿是这么美丽的小天鹅，我却整天只知道喝酒，我真对不起我女儿，从明天起，我就去找工作，我再也不能这样混日子了。"珍妮听了，一下子扑进了爸爸的怀里，亲切地喊了声："爸爸！"

大家都知道，自从珍妮有了一双会飞的红舞鞋，她的舞蹈跳得更美了，还有她的爸爸也找到了一份工作，他再也不天天喝酒了，他每天都在努力工作着。

同学们都保守着一个秘密：那双会飞的红舞鞋，倾注着全班每一个同学的爱心。大家都希望珍妮在舞台上，能成为一只美丽的小天鹅，跳出更美的舞蹈来。

纸飞机也可以有梦想

下课了,同学们有的跑到教室外面,有的在教室里打打闹闹,教室里顿时热闹起来,只有安尔一个人还坐在座位上安静地折着纸飞机。

10岁的安尔会折许多种纸飞机,他折的纸飞机向教室窗外轻轻一掷,就能在天空中悠悠地盘旋着,飞出一道优美的弧线。那盘旋的纸飞机,常常引起操场上的同学仰头观看,并发出啧啧赞叹声。

珍妮小姐接收这个班时,就发现了安尔这个同学与其他同学性格有点不一样,当别的同学三三两两在一起玩耍时,他却总是一个人安安静静地坐在座位上折着纸飞机。后来,珍妮小姐听说安尔是一个孤独症孩子,总是一个人玩,几乎从来不跟老师和同学说话。

每当珍妮想起安尔,心里就一阵疼痛,胸口好像堵得慌,喘不过气来。原来,珍妮也曾经是一个孤独症孩子,后来,她遇到了人生中的一个好老师,是她用爱的心灵,使她一步一步走出了封闭的世界,向世界敞开了自己的心扉。

她想,如果当初不是遇到了那位好老师,她现在肯定还在自己封闭的世界里。当她走出那个封闭的世界,才知道,外面的世界是多么的精彩、多么的美好。在这片姹紫嫣红的世界里,她幸福地拥抱着这一切,并且一直走到现在,成为一名小学老师。

珍妮知道,在安尔那个安静的世界里,他一定感到很幸福、很快乐。可是,那个世界是那么孤独、那么单调,没有色彩、没有喧闹,与外面的世界格格不入。她走到安尔的座位前,拿起安尔折的一架纸飞机,她发现安尔折的纸飞机,非常逼真。珍妮小姐拿着这架纸飞机,眼睛里露出惊喜的光芒,说道:“安尔,你这纸飞机折的太好了,能将这架纸飞机送给我吗?”

安尔抬起头来,眼神里掠过一丝喜悦的光芒,他羞涩地点了点头。

珍妮俯下身子,在安尔的额头上轻轻吻了一下。安尔的脸唰地红了,红到了脖颈。珍妮心想,安尔也懂得害羞的,他也是一个情感十分丰富的孩子,只要能积极引导,他一定能走出封闭自己的世界。

珍妮走到窗户前,将手上的纸飞机往天空中轻轻一掷,纸飞机在天空悠悠地盘旋起来。珍妮拍起手,大声地惊呼道:“安尔快来看,你的纸飞机飞起来了,飞得好高,好远。”

安尔听到喊声,起身离开座位,走到窗前。许多同学听到喊声,也跑到窗前,拍起手,欢快地叫道:“安尔的飞机飞得真高真远啊!”

安尔望着天空中那悠悠盘旋的纸飞机,脸上露出一丝羞涩的红晕。

珍妮小姐转身对同学们说:“同学们,安尔聪明不聪明啊?”

同学们响亮地回答道:“聪明!”

安尔的脸更红了。

珍妮小姐和同学们一个个走到安尔的跟前，轻轻地拥抱着他,一个个俯在他的耳边说道:“安尔,你真了不起!”

珍妮小姐看到,安尔的眼睛里闪烁着一丝晶亮的东西,那丝晶亮,像一颗珍珠。

珍妮小姐专门开设了一门手工劳动课，看哪个同学折得手工艺品最精致、最灵巧。同学们折得手工艺品可多了,有小鸟、小鸡、小鸭、小马……但同学们一致认为,安尔折的纸飞机最精致、最灵巧。

珍妮小姐给安尔胸前戴了朵大红花，还聘请安尔给大家当手工课的老师,请他教大家折纸飞机。安尔显得局促不安,脸更红了。同学们都拍起手掌，高呼道:“安尔，给我们当老师！安尔,给我们当老师!”

在大家的热情鼓励和欢迎下,安尔走上讲台,开始教大家折纸飞机。安尔教得可认真了,他将一张纸拿在手里,每一次折痕、每一次翻转,他都讲得格外认真,那一刻,人们才似乎看清,原来安尔和他们一样,也是一个情感十分丰富的人啊。

在安尔的影响下,全班同学都喜欢上折纸活动,教室的墙上,贴满了同学们折得各种手工制品,大家常常在一起,互相交流折纸的体会,大家感到很幸福、很快乐。

不知不觉,安尔融入到全班集体生活中了,大家在一起学习、跑步、打球、做游戏，当然，大家最乐意的事，还是在一起折纸飞机，许多同学折的纸飞机，像安尔折得一样，飞得又高又远。

同学们说："是安尔的影响，使我们爱上了折纸飞机"；安尔说："是同学们热情、友好，让我融入到这个集体中，让我这架纸飞机也有了梦想。"

操场上，安尔和同学们一起欢快地掷着纸飞机，那一架架五颜六色的纸飞机，在蔚蓝的天空下，悠悠的盘旋着，划出一道道优美的弧线。安尔和同学们欢快地跳跃着，幸福的笑容在他们纯真的脸上荡漾。

操场边，珍妮小姐远远地看着这一幕，不知不觉，眼里流下了幸福的泪水。她拿起手中的一架纸飞机，向空中用力抛去，那架纸飞机盘旋着，和那些五颜六色的纸飞机融为一体。

珍妮小姐幸福地笑了，笑得很甜、很美……

每个孩子都是一个春天

2015年2月以来，缅甸北部果敢同盟军与政府军爆发了激烈的武装冲突，随着战争不断升级，使这里的缅甸百姓生活更加困苦。

这里有一条名叫拉咱河的小河，小河边有一所缅甸山村小学校。学校里，有许多缅甸小学生，如今，他们的家人或参加果敢同盟军，或在战场上被打死了。他们一个个都成了无家可归的孩子，他们小小的脸蛋上，布满了与他们年龄不相符的忧愁。

在这所小学校里，有一个名叫德仁的中国青年志愿者。大学毕业后，德仁得知这里的生活条件十分艰苦，许多缅甸小孩上不了学，毅然放弃了留在中国大城市工作的机会，来到缅甸北部山区，当了一名支教老师。这一来，就是整整三年，他再也没有离开过这里。

这里的条件之艰苦，完全超乎德仁的想象。这里的纸和笔都十分珍贵，教材更是十分奇缺。许多孩子到了上学年龄，上不了学，只能留在家里帮大人干活儿。上学对他们来说，那是可望而不可及的事。

德仁来到这里后，翻山越岭，挨家挨户动员家长将孩子送来上学。人们开始不相信，看到德仁一次次登门，终于同意让孩子去上学。

看到简陋的学校里孩子一个一个多了起来，德仁心里充满了甜蜜。学校没有教材，他就自己编写教材。没有笔和纸，他就用自己每月仅有的150块钱工资，为孩子买来笔和纸。

女朋友一再催他回来完婚，可他舍不得缅甸的那些孩子，总是将婚期一推再推。后来，女朋友在他的影响下，也深受感动，从中国买了纸和笔给他寄去，以帮助缅甸的那些孩子。

缅北战事爆发后，这里的条件变得更加艰苦。炮弹经常在学校周围爆炸，留下了一个个触目惊心的弹坑。一次，一发炮弹在德仁身边不远处爆炸，气浪将他重重的掀翻在地，身上覆盖了一层厚厚的泥土。他爬了起来，马上向学校跑去，他要组织学生往树林里转移。

学校被临时转移到大山深处，德仁将黑板挂在树干上，教孩子们认字、学习。德仁对孩子深情地说道，同学们，因为战争，使你们离开了安静的学校，但是，无论条件多么艰苦和恶劣，你们都不应该放弃学习。等到战争结束了，你们再回到可爱的学校，你们要用文化知识，来建设被毁坏的家园，你们美丽的山村变得更加郁郁葱葱，充满生机和活力。

孩子们眼里闪烁着对和平的渴望，琅琅读书声在茂密的森林里回荡……

缅北战事吃紧，也深深牵动着德仁女朋友的心。女朋友十分担心德仁的安全，一次次打来电话，劝他能尽快地回到祖国安全的怀抱里。

德仁站在拉咱河边，眺望着一河之隔的祖国方向，深情地说道，我放心不下这些缅甸的孩子啊，我一旦离开这里，这些孩子的生命安全就会有危险，他们将会再一次失去上学的机会，我现在就是他们的亲人，孩子们需要我。每个孩子都是一个春天。等到战争结束了，这里一定会变得春意盎然，生机勃勃。

德仁看见拉咱河的河水静静流淌着，那静静的河水，仿佛涌动着一股春的气息……

隐秘的莲花

尼泊尔首都加德满都发生了8.1级强烈地震，这座地处喜马拉雅山脉的城市，昔日的宁静、平和被彻底打破。加德满都这座具有几千年的文化古都遭受重创，街道上、山坡上，到处是倾倒的房屋、满地的瓦砾，到处残垣断壁，满目疮痍。

弗瑞克大街，原来是加德满都一条普通的街道，生活在这里的人们，享受着雪域高原平和、宁静的生活。寺庙里，香火缭绕，梵音阵阵。这里就像一座隐秘的世外桃源，不被外人所知晓。

地震发生后，这条街道上许多房屋都坍塌了，一些人被倾倒的房屋砸死或砸伤。几座具有上千年的古寺庙、古塔，也被震塌了。许多幸存者，望着被地震摧毁的家园，来不及擦去眼睛里的泪水，马上投入到营救那些被埋在瓦砾中的幸存者。

他们搬开了一块块碎石，撬开了一块块水泥板，抬走了一块块木头……人们奋力地寻找有可能埋在瓦砾里的幸存者。每当他们抬出一具具尸体，看着这些熟悉的面孔，都禁不住失声痛哭。昨天，他们还在一起进庙焚香，聆听经文，没想到，才刚刚过去一晚，他们就阴阳两隔，怎能不让人肝肠寸断。

在一户倾倒的房子里，人们一共从瓦砾中找到两个大人和三个小孩儿的尸体。时间已过去两天了，可还有一个名叫塔巴的8岁小男孩儿没有找到。人们怀着一丝希望，继续翻找着，希望能有奇迹发生。

不知什么时候，天空下起了雨，搜救的人们全身都被淋湿了，可大家依然没有停止搜救。忽然，有人隐约地听到瓦砾下传来一阵微弱的呻吟声，人们精神一振，忘记了几天的疲劳，立刻争分夺秒地清理着碎石瓦片。

终于，那个名叫塔巴的小男孩儿被人们从瓦砾下救了出来，令人欣慰的是，塔巴只是受了点皮外伤，脱水比较严重。他被送进了医院救治。

几天后，塔巴要出院了。他惊讶地看到，来了许多街坊邻居迎接他康复出院。塔巴这才知道，他的亲人在地震中全都失去了生命，昔日的房屋也不见了踪影。

马尔加老人将一朵莲花小挂件挂在了塔巴的脖子上，他俯下身子，亲了亲塔巴的额头，说：孩子，你的亲人没有了，我们就是你的亲人，跟我们回家去吧。

街坊们将塔巴接到他们住的临时安置点。几个小伙伴给他送来了他丢失的书本和书包，他又能背起书包上学了。小学老师库玛，每天都到塔巴住的帐篷里，辅导他学习；阿尼莎老妈妈，每天为他烧好饭菜，为他洗衣服；小姑娘丽达像个花喜鹊，在他面前跳起欢快的舞蹈……远处的寺庙里，传来阵阵梵音，那悠扬的梵音，在苍穹上空回荡。

马尔加老人喊塔巴一起进庙焚香。寺庙里,还像过去一样,依然香客不绝,梵音悠扬。塔巴抬起头,他看到一尊菩萨端坐在莲花上,那莲花散发着圣洁的光芒。

马尔加老人告诉塔巴,莲花是爱的化身,地震摧毁了我们的家园,但摧毁不了我们的莲花,在弗瑞克大街上,到处都有莲花的影子,它像一条看不见的红丝线,将我们大家紧紧地联系在一起。

塔巴低下头,轻轻地抚摸着胸前那个莲花挂件,他看着那个莲花挂件,恍惚中,仿佛看到爸爸、妈妈,还有弟弟、妹妹,他们在天堂里向他露出灿烂的微笑,他们仿佛在说,孩子,我们虽然不在你的身边了,但是,弗瑞克大街的人们,就是你的亲人,他们每一个人,就像一朵朵隐秘的莲花,将爱的光芒照在你身上,那一朵朵隐秘的莲花,就是你的爸爸、妈妈,你的兄弟姐妹。

塔巴擦去眼角的泪水,虔诚地说道,马尔加爷爷,你们就是一朵朵隐秘的莲花,弗瑞克大街,就是莲花的圣地,散发着圣洁的光芒。地震可以摧毁我们的家园,但是摧毁不了人们心中的莲花。

马尔加老人俯下身子,亲了亲塔巴的额头,脸上露出欣慰的笑容。那笑容,就像一朵盛开的莲花。

第八辑

美丽的约定

琴声，吸引了越来越多人的注意，每当两人拉起小提琴，隔离墙两边就会不约而同地聚拢许多人，人们静心聆听。那两个少年的美丽约定，在越来越多的以色列和巴勒斯坦人群中间传诵，人们深深地被两个少年的故事感动着……又是一个傍晚来临，在隔离墙上空，又传来悠扬的小提琴声。那琴声，如泣如诉，在人们心中留下了挥之不去的惆怅和忧伤，但仿佛又让人看到了一种希望和力量……

生命没有高低贵贱

安德森原来是委内瑞拉海军陆战队的一名队员，退役后，他来到加拉加斯著名的电讯跨国公司总部当了一名保安。安德森心想，在电讯跨国公司当保安，一定有机会见到总裁西蒙先生了。

这天，安德森正在公司到处巡视，忽然，他看到几个人迎面走来，中间那个人他看了很面熟：戴着一副金丝边眼镜，脸上长着浓浓的大胡子，迈着稳健的步子大步走来。

这不是大名鼎鼎的西蒙先生吗？安德森非常激动，眼睛一眨不眨地盯着西蒙先生看。

一行人走到安德森跟前，西蒙先生突然停下了脚步，他伸出手，对安德森说："你好，你是新来的保安吧，我好像是第一次见到你，你叫什么名字？"

安德森激动地伸出手，紧紧握住西蒙的手说："西蒙先生您好，我叫安德森，是刚来上班没几天的小保安。"

西蒙先生看着高大魁梧的安德森，笑道："你哪是什么小保安，分明是一个大保安啊！"

西蒙先生诙谐、幽默的一句话，引得身边的人笑了起来，安德森也笑了。

过了一段时间，安德森没有想到，他那壮得像头牛的身体，竟得了重病。医生告诉他，他得了尿毒症，必须要马上进行肾移植，否则会有生命危险。

医生告诉他，肾源很紧张，必须要耐心等待，只有等到合适的肾源，才能进行肾移植。但时间对他来说，也许等不及了，要他必须做好思想准备。

住院没几天，安德森在病房里竟意外地见到了西蒙先生。原来，西蒙先生与他一样，同样患了尿毒症，必须也要马上进行肾移植，才能挽救自己的生命。

西蒙先生看见安德森，不失幽默地说："大保安，你也到这里来了，我们在这里做病友，真是别有一番情趣啊！"

当他得知安德森与自己的血型一样，都是等待相同的肾源时，西蒙先生诙谐地说："大保安，这下我俩可算是同病相怜了。"

一天，医生突然通知安德森，合适的肾源来了，请他做好准备，马上进行肾移植。

安德森的手术非常成功，新移植在他体内的肾脏，很快就开始工作了，各项指标检查全部正常。不久，安德森就康复了。经过一段时间的休养，他又重新回到电讯跨国公司上班了。

刚上班，他就听到一个非常不幸的消息，西蒙先生因肾移植错过了最佳时期，不幸去世了。

闻此噩耗，安德森感到十分震惊，他对医生的疏忽，没有尽心尽职而气愤不已。盛怒之下，他跑到医院理论，要求医院承担西蒙先生错过了最佳移植时间的法律责任。

医院院长很无奈，对安德森说道：

“尊敬的安德森先生，西蒙先生曾经告诉我们，一定要替他保守这个秘密。现在，既然您来找到我们，我们也只好公开这个秘密了，我们相信，西蒙先生在天堂也会原谅我们的。

“当西蒙先生等到那份非常宝贵的肾源后，我们立刻准备为他进行移植。西蒙先生反而问道，安德森的肾源和我完全一样，他比我先到医院的，为什么不给他先移植？我们告诉他，您是电讯跨国公司总裁，他是一个小保安，他怎么能和您比？

“西蒙先生严肃地说道，生命没有高低贵贱，在这一点上，我和安德森完全是平等的。他比我先到，就应该先移植，这是法律规定的一种社会秩序，我没有任何理由和特权，去破坏这个秩序。

“在西蒙先生严词拒绝下，我们只好先给您进行了移植。一直等到半年后，西蒙先生才等到合适的肾源，可是，由于等待时间太长了，错过了最佳移植的时间，移植不太长时间，西蒙先生就去世了。”

听到这里，安德森早已泪流满面，至此，他才明白西蒙先生为什么会移植失败。他对院长泣不成声道：“西蒙先生用自己的生命，捍卫了法律的公平、公正，他的精神永远闪烁着璀璨的光芒。”

美丽的约定

夕阳从天空中落下粉红色的帷幕，大地仿佛披上了一层粉红色的轻纱，显得格外曼妙、妖娆。以巴边境上，有一道长约700公里的隔离墙，横亘在绵延的山丘、沙漠中。这道隔离墙，将以色列与巴勒斯坦的边境彻底隔离开来。

仿佛是一场约定，每当到了傍晚时分，在隔离墙经过的一处名叫卡尔基亚镇的上空，两边就会传来一阵悠扬的小提琴声。这小提琴声，像两个人在轻轻絮语，缠绵婉转。听到这琴声，两边的人都会情不自禁地停下脚步，抬起头，仰望着湛蓝的天空，聆听着悦耳的琴声，陷入到无尽的遐想中……

一天放学后，以色列少年查德维克又来到学校音乐室练习拉小提琴了。查德维克上小学二年级，他非常喜欢拉小提琴，每天放学后，他还要到音乐室里拉一会儿小提琴。音乐，带给了他美的享受和快乐，他想将来当一名小提琴老师，就像他们的音乐老师伊莎小姐。伊莎小姐小提琴拉得可好了，她还获得过全国小提琴比赛第一名呢。伊莎小姐常常夸奖查德维克，说他拉小提琴像百灵鸟一样好听。每当听到伊莎小姐的夸奖，查德维克心里就感到特别甜蜜，他拉小提琴的积极性更高了。

突然，伊莎小姐急匆匆走进音乐室，她走到查德维克身边，俯在他的耳边，告诉他一个不幸的消息。查德维克的父亲在执行军事任务时，被埋在地下的地雷炸伤，正在以色列野战医院抢救。

查德维克听到这个不幸的消息，立刻心急如焚地向野战医院赶去。

查德维克的父亲是一名以色列军人，他非常钦佩父亲的英勇和顽强，父亲的身上到现在还有一块弹片没有取出来，他常常称赞父亲是个打不垮的“铁人”。

查德维克赶到野战医院后，发现父亲刚刚做完手术，被医生从手术室里推了出来。只见父亲腿上缠满了纱布，殷红的鲜血从洁白的纱布中渗透出来。查德维克扑在父亲的床前，哭泣着，轻轻地呼唤着父亲。

父亲紧紧抓着查德维克的手，艰难地说道：“我在以巴边境巴勒斯坦一侧执行军事任务时，不幸被埋在地下的地雷炸伤。就在这危急时刻，一位巴勒斯坦少年发现了我，他跑了过来，迅速将我腿上的伤包扎好。看到我伤势严重，少年显得非常着急。忽然，他拉起了自己的小提琴。琴声引起了正在附近巡逻的一支以色列巡逻队的注意，巡逻队很快发现了身受重伤的我，他们马上对我紧急救治。我被抬上担架，就要送回以色列一侧时，我握着那名巴勒斯坦少年的手，感谢他救了我，我还告诉他，我有一个儿子名叫查德维克，和他一般大，也会拉一手漂亮的小提琴，希望你俩今后有机会相识，并能成为好朋友。那位巴勒斯坦少年说，‘我叫默罕默德·杜拉，您回去后，请您告诉查德维克，如果您一切平安，就请他拉一曲著名的小提琴曲《野蜂飞舞》，我听到了，也会回应一曲《野蜂飞舞》，这就是我俩的约定。’我激动地说，我一定将这信息带给查德维克，希望那优美的小提琴声，成为你们俩最美丽的约定。”

查德维克听了父亲的叙述，不禁心潮起伏，他从心底感激那名巴勒斯坦少年，他想，如果没有那名巴勒斯坦少年的及时相救，父亲也许早就牺牲在战场上了。忽然，他仿佛想起了什么，他拿起自己的小提琴迅速冲出了野战医院的病房。

查德维克来到隔离墙边，轻轻拉起了小提琴。顿时，一曲悠扬的《野蜂飞舞》，在隔离墙上空回荡。不一会儿，他听到在隔离墙另一侧，也传来了悠扬的《野蜂飞舞》的小提琴声。两边的小提琴声，在隔离墙上空相交。

查德维克眼睛湿润了，隔着厚厚的隔离墙，他仿佛看到了那名巴勒斯坦少年，少年和他一样，眼里也噙满了泪水，他在为查德维克父亲的平安祈福。他想，这道隔离墙阻碍了他和那名巴勒斯坦少年相见，如果没有这道隔离墙，他一定邀请他到自己的学校里，请他参观自己学校美丽的音乐室，他还要和他同台演出，共同拉一曲《野蜂飞舞》，他们的琴声，一定会得到同学们热烈欢迎，伊莎小姐一定会拉着他俩的手，夸奖他们拉得小提琴，就像两只百灵鸟在鸣唱；默罕默德·杜拉也会邀请自己到他们学校，他们学校一定也有一间美丽的音乐室，那美丽的音乐室，同样会传出美丽的琴声。

可是，现在他们面前却横亘着一道厚厚的隔离墙，他与默罕默德·杜拉的心只能在悠扬的小提琴声中，在隔离墙上空，紧紧相拥……

日子一天一天地过去了，查德维克和默罕默德·杜拉仿佛有个美丽的约定，每当到了傍晚时分，他们两个人就会分别站在隔离墙两边，拉起心爱的小提琴，琴声在隔离墙上空悠悠回荡。他们拉了一曲又一曲，琴声，仿佛就是他俩的语言，或喜，或忧，或悲，或哀，在悠扬的小提琴声中，他们已读懂了一切。

琴声，吸引了越来越多人的注意，每当俩人拉起小提琴，隔离墙两边就会不约而同地聚拢许多人，人们静心聆听。那两个少年的美丽约定，在越来越多的以色列和巴勒斯坦人群中间传诵，人们深深地被两个少年的故事感动着……

又是一个傍晚来临，在隔离墙上空，又传来悠扬的小提琴声。那琴声，如泣如诉，在人们心中，留下了挥之不去的惆怅和忧伤，但仿佛又让人看到了一种希望和力量……

窗前的茉莉花

“茉莉花，你是我见到过最聪明的女孩子，请拉一曲小提琴给老师听听好吗？”

小女孩儿茉莉花听了，惊讶地望着老师黛丝小姐，简直有点不敢相信自己的耳朵。这是她第一次听到有老师要听自己拉小提琴，她感到有点受宠若惊。

茉莉花上小学二年级，是从另外一所学校转过来的。茉莉花曾经问妈妈，为什么要给她起这个名字？妈妈告诉她，茉莉花在希伯来语中是幸福、快乐的意思，给你起这个名字，就是希望今后你能永远幸福、快乐地成长。

茉莉花听了，立刻扑进了妈妈的怀抱，给了她一个甜蜜的吻。她觉得妈妈很聪明，给自己起了这么一个美丽的名字。

茉莉花虽然是个小女孩儿，可是，她却像个假小子，很调皮，除了拉琴，剩下的时间，就是和一群小男孩儿在外面一起打打杀杀，爬高爬低，一刻也闲不住。

妈妈对她严厉管教，可是一点也不管用。表面上点头答应，可是，只要妈妈刚离开，一眨眼，茉莉花又跑到外面去了。

上学了，她依然改不了身上的那些坏毛病，在学校里，她调皮捣蛋，还经常做一些恶作剧。老师严厉地批评她，可是一转身，她又玩去了，将老师的话忘的一干二净。老师说她是“另类”学生，多次将她母亲喊到学校，说如果茉莉花再不改掉身上的那些坏毛病，就叫她退学。

母亲很难过，可是，回到家，当她听到从窗前传来悠扬的小提琴声，她的心又软了。她不忍心将老师说的话告诉茉莉花，只是告诉她，老师说她有进步，小提琴拉得很美、很动听。

茉莉花疑惑地望着妈妈，不可思议地问道：“老师说我有进步？真稀奇，今天老师还罚我站在教室后面呢，她还说我琴拉得像狼嚎。”

妈妈抹着眼泪，重重地叹了一口气。

终于有一天，妈妈对茉莉花说：“孩子，我们换一所学校好吗？”

茉莉花疑惑地问：“为什么要换一所学校上学？”

妈妈脸上露出尴尬的神色说：“那所学校有好多小朋友喜欢拉小提琴呢！”

茉莉花听了，手舞足蹈地跳了起来，她高声地喊道：“那太好啦！今后我有更多的小朋友在一起玩了！”

其实，妈妈一直不忍心告诉茉莉花，因为她学习不好，还常常违反校规，被学校勒令退学了。

妈妈找到黛丝小姐，眼里噙满了泪水，希望黛丝小姐能够收留茉莉花。黛丝小姐看到茉莉花，用手抚摸着茉莉花一头金黄色的头发，和蔼地说道：“多可爱的小姑娘啊，到老师的班上来上学吧，同学们一定会欢迎你的。”

就这样，茉莉花来到了这所新小学，成为黛丝小姐班上的一名学生。来到一个陌生的环境，茉莉花老实了没几天。很快，她又犯了老毛病，上课讲话，还离开座位和别的同学打打闹闹。

黛丝小姐在讲台上讲课，将这一切都看在了眼里，却假装看不见，依然平和地讲课。

下课了，黛丝小姐走到茉莉花跟前，用手抚摸着茉莉花金黄色的头发，笑道：“茉莉花，早就听说你小提琴拉得很好听，到现在我们还没有听到过呢，能拉一曲给老师和同学们听听吗？”

茉莉花听到黛丝小姐喜欢听她拉小提琴，高兴地从课桌下拿起自己心爱的小提琴。她用左手将小提琴托在肩上，用下巴轻轻压住腮托，侧起身子，右手拉弓，顿时，一曲优美的旋律，从她的指尖上流淌出来，像水银般在教室里回荡。

茉莉花用眼角的余光看见，黛丝小姐一直面含微笑，和着节拍，轻轻哼唱着，似乎很陶醉。许多同学围绕在她的身边，沉浸在美妙的旋律中。

一曲拉完了，黛丝小姐和同学们都热情地鼓起掌来。黛丝小姐动情地说道：“你拉得太好了，你优美的琴声深深地打动了我，也打动了我们所有的同学。茉莉花同学，我相信你今后一定能像你小提琴优美的琴声一样，幸福、快乐地成长，并成为我们大家学习的榜样。”

茉莉花听了，心怦怦乱跳起来，她的脸，不知怎地，一片通红……

不知怎么回事，从那天开始，茉莉花变了，变得文静起来。她不再像个假小子打打杀杀了，上课时，也不调皮捣蛋了，不仅能认真听讲，还能积极举手发言呢。有的同学不认真听讲，做小动作，她还悄悄示意，叫别的同学要认真听讲。

下课了，茉莉花常常为同学们拉上几曲小提琴，同学们都喜欢听她演奏的小提琴。这个班渐渐地也变了，全班同学都热爱学习，黛丝小姐的脸上常常露出欣慰的笑容。老校长约翰先生常常夸赞道，这个班是我见到过的最好的班。

茉莉花还将班上喜欢拉小提琴的同学，组成了一个小提琴乐队，每天上学和放学的时候，他们的小提琴乐队列队在学校大门前为同学演奏乐曲，那优美的旋律，在每一个同学心中流淌。

茉莉花还参加了全市小提琴比赛，获得了一等奖。在获奖感言中，茉莉花饱含热泪，激动地说道："我曾经是个调皮捣蛋的孩子，还被学校开除了，是黛丝小姐收留了我，她用音乐鼓励我，让我感受到了幸福和快乐。渐渐地，我不再调皮捣蛋了，学习也认真、自觉了，我从音乐里，找到了幸福和快乐。"

台下的人听了，都用力鼓起掌来。茉莉花忽然看见，黛丝小姐和同学们都来了，大家不停地为她鼓掌，还向她挥手致意，大家还高声呼喊道："茉莉花，你永远是最棒的！"

茉莉花也用力地向大家挥舞着手臂，眼睛里流下了激动的泪水……

“自拍”的灵魂

安东尼是一名青年歌手，他有许多歌迷。每到一地演出时，现场都会有许多热情的歌迷前来捧场。激情演唱中，常常引来许多歌迷的欢呼声，现场气氛十分热烈。

看着火爆的演出现场，安东尼深深地陶醉了，陶醉在这一片掌声和尖叫声中，他更加充满激情的投入到演唱中。安东尼成了许多年轻人的偶像，在他的歌声中，人们得到了美的享受和熏陶。

安东尼除了唱歌，他还有一个爱好，那就是玩“自拍”。当他看到有趣的情景，都会掏出手机，给自己来一张“自拍”。渐渐的，他的手机里，储存了上万张“自拍”照片。他常常翻看着那些照片，有时看着那些照片，常常忍俊不禁。玩自拍，给他的生活增添了一种别样的情趣和快乐。

有一天，安东尼突发奇想，他想将手机里的那些自拍照片冲洗出来，插在影集里，让自己慢慢欣赏。

于是，他将这些自拍照片冲洗出来了。并将它们一张张地插在影集里,看着这些照片,安东尼深深地沉浸在自己自拍的奇思妙想中。

忽然,他仿佛发现了什么,看着这些自拍照片,他的额头冒出了阵阵冷汗,脸发烫,心也狂跳个不停:

这张是在街头一个残疾流浪汉身边的自拍照片。流浪汉没有双腿,他坐在一个简陋的滑轮车上,脸上显现出沧桑和憔悴。安东尼却靠在他的身边,脸上露出灿烂的微笑,一只手还打出大大的"V";

这张是在一座高架桥上的自拍照片。桥上站在一个人,这个人好像要跳桥自杀。安东尼以这个就要跳桥自杀的人为背景,脸上似乎露出幸灾乐祸的笑容;

这张是在一家夜总会门口的自拍照片。门口有几个衣着暴露女子,安东尼搂着一个妖艳的女子,脸上好像露出猥琐的表情;

这张是在刚刚发生车祸现场的自拍照片。一位伤者正倒在地上,扭曲着身子,脸上露出痛苦的表情。安东尼却蹲在一边,以那车祸伤者为背景,不以为然地大笑着……

看着这一张张自拍照片,安东尼感到无地自容,他再也笑不出来了,他仿佛看到自己丑恶的灵魂。

他忽然想到,如果能让更多的人看到这些照片,大家一定会和他产生相同的看法和内疚。

于是,安东尼打算筹办一次自己这些自拍照片的摄影展。为了筹办自己的这次摄影展,他还谢绝了几家演出公司出场费很高的演唱会邀请,一心一意地筹划自己的摄影展。经过多方运作，他的个人自拍摄影展，终于在得克萨斯州的展览中心展出了。

人们听说歌星安东尼要举办个人摄影展，都感到非常新奇。为了一睹歌星安东尼的摄影技巧和才华，人们从四面八方赶了过来观看他的摄影展。

人们一开始怀着兴高采烈的心情来观看安东尼的摄影展。没想到，人们从开始的好奇，渐渐地感到震惊，在这一张张照片前，人们仿佛看到了自己的影子。平常生活中，大家也喜欢玩自拍。自拍似乎成为一种时尚和流行。安东尼的这些自拍照，有的人也曾拍照过，甚至比他拍摄的更出格、更大胆。

展厅里，人头攒动，但却悄无声息，与过去看安东尼演唱会的热闹相比，简直大不相同。人们边看边紧锁眉头，陷入到深深的思考中……

有人在留言簿上写道，与其说这些自拍照是安东尼自拍的，还不如说是我们自拍的。从这些自拍照片中，我们仿佛看到自己内心的丑陋和龌龊。自拍是一种个人行为，但是这种个人行为，必须要建立在社会道德的范畴内，任何脱离社会道德的自拍，都是对人性良知的践踏和亵渎……

本来为期三天的摄影展，在观众的强烈要求下，展出时间一再延长。许多观众看了一次又一次，每看一次，都有新的触动和感受。有的还将自己的亲朋好友邀请过来观看，看到这些照片，人们内心里，似乎受到一种强烈的冲击和震撼，心情难以平静。

得克萨斯州发行量很大的报纸《休斯敦纪事报》在报道中指出：自拍是现代生活的一种娱乐方式，但是，任何娱乐方式，都不能脱离大众的审美情趣和审美要求。如果将这种自我娱乐的自拍,建立在别人的不幸和痛苦上,那么这种自拍,就是人性的泯灭和堕落。

把仇恨写在冰上

1934年的一天,7岁少年加西亚·马尔克斯正一个人在祖母家院子里玩耍。从小,马尔克斯就寄养在祖母家,他是由祖母带大的。

忽然,他看到祖母一身烂泥,脸上还有道道血痕,正艰难地一瘸一拐往回走。

马尔克斯见状,赶紧迎了上去。他搀扶起祖母,惊讶地问道,祖母,您这是怎么啦?

祖母苦笑了一下,揉了揉自己的腿,说道,是我自己不小心跌倒的。

马尔克斯忙打来一盆水,说道,祖母,您先洗洗脸,我帮您揉揉腿。

祖母爱怜地摸了摸马尔克斯的头,说道,你真是个懂事的好孩子。

祖母洗净了脸,又换上身干净的衣服,然后坐在院子里的藤椅里。马尔克斯依偎在祖母的身边,开始聚精会神地听祖母讲故事。

祖母会讲许多鬼怪神的故事。在祖母绘声绘色的讲述中，那些充满了灵异现象的鬼怪故事，仿佛穿过时空隧道，在他眼前浮现，他仿佛置身于故事中，与那些鬼怪神一起穿云入地，刀光剑影……

不知不觉，天空暗淡下来。祖母抚摸着马尔克斯的头，和蔼地说道，孩子，今天的故事就讲到这里了，你出去和小伙伴们玩玩儿吧，祖母要烧饭了。

说罢，祖母站起身，一瘸一拐地向屋子里走去。

看着祖母步履艰难地迈着步，马尔克斯心想，祖母这一跤摔得可真不轻啊！

马尔克斯走出院子，看到小伙伴冈察雷斯、厄里亚士正在草坪上踢足球。两个小伙伴看到马尔克斯过来了，停下踢球，他俩跑了过来，关切地问道，马尔克斯，你祖母的伤怎么样啦？

马尔克斯说，祖母说跌的不太重，过几天就会好的。

两个小伙伴听了，惊讶地说道，她不是跌倒的，是被瓦西里家小儿子推倒的，我们都看见了。我们要跟你讲，你祖母特意叮嘱我们不要对你讲。

马尔克斯听了，吃惊地问道，瓦西里家小儿子为什么要打我祖母？

冈察雷斯气愤地说道，瓦西里说你祖母家养的鸡跑进他家菜地偷吃了他家的菜，你祖母说，瓦西里先生，我家没养鸡，肯定是您弄错了。这时，瓦西里家的小儿子从屋子里冲了出来，他二话没说，就把你祖母推倒在地，还踢了她几脚。我们都看见了。

后来，我们把你祖母搀扶起来，你祖母硬要一个人走回家。

马尔克斯听了，脸色一下子变了，他转身跑了回家。他从院子里找了一根木棍，怒气冲冲地就要出去。正巧，祖母看见了，祖母赶紧喊住了他，问道，马尔克斯，你要干什么去？

马尔克斯气愤地说道，我去找瓦西里家小儿子打一架，他刚才打了您，我就要跟他打一架，好好教训下那坏小子。

祖母严厉地呵斥道，马尔克斯，你给我回来，你怎么能去和人家打架？你这样做，就像童话里的黑色铁头一样，一点智慧也没有，只会蛮干。

马尔克斯带着哭腔，说道，那我该怎么办？难道就这样算了？

祖母微笑道，你过来，听我跟你说。

马尔克斯手里紧紧地攥着那根木棍，慢吞吞地走了过来。祖母看着马尔克斯那张好像吹一口气就能融化的脸，目光中溢满了柔软。祖母抚摸着马尔克斯的头，温柔地说道，孩子，把你的仇恨写在冰上，就是对他的最好的惩罚。

马尔克斯不解地问道，祖母，把仇恨写在冰上，太阳一出来，那冰就融化了，那写在冰上的仇恨就不见了。

祖母听了，脸上露出慈祥的光芒，她微笑道，孩子，你很聪明，你就像童话故事里聪明的蓝精灵。孩子，你还记得我跟你讲的《蓝精灵和六个妖怪》的故事吗？每当蓝精灵遇到不公平的事后，蓝精灵就将仇恨写在冰上，等太阳出来了，那些仇恨也就不见了，它心中那些仇恨雾霾就散去了，然后它有勇有谋地走在拯救万众生灵中。刚才瓦西里家小儿子也只是推了我一下，我岁数大了，被他这么一推，也就跌倒了。他们一定是误会了，以为那些进了他家菜园子的鸡是我家的，其实我家从来没有养过鸡。过不了多久，他们一定会知道是误会了，他们会感到内疚的。孩子，不要使仇恨扩大，让那些生活中偶尔出现的细微仇恨，很快在冰中融化，这才是一个人的智慧和聪明。

马尔克斯静静地听着，他的脸上渐渐有了笑容。祖母将马尔克斯搂在怀里，笑道，孩子，让我继续给你讲蓝精灵智救花喜鹊的故事吧。

马尔克斯听说祖母又要给他讲故事，他扔掉手上的那根棍子，搀扶着祖母来到院子里那把藤椅旁，让祖母坐下。然后，他依偎在祖母身边，听祖母讲美丽的童话故事。

随着祖母抑扬顿挫地讲述，马尔克斯仿佛自己变成了一只蓝精灵，在苍茫的森林里，它历尽千难万险，终于将花喜鹊从老妖怪的魔爪中救出……

一年，又一年。在祖母那些扣人心弦的一个个童话故事中，马尔克斯渐渐长大了。上学了，他认识了许多字，学到了许多东西，不知不觉，他深深地爱上了写作，并且很快就表现出很高的写作天赋和才能。15岁时，他就已成为哥伦比亚和南美洲家喻户晓的知名作家，他的许多作品带有魔幻般现实主义烙印，在读者中产生了深刻的影响。

他说，他的作品深受祖母神话故事的影响，可以说，祖母就是他的写作启蒙老师，是她把他引上了写作的道路。祖母在他心中，就是智慧的化身，给了他无穷的创作源泉和素材。

1982年，马尔克斯凭借其著名文学作品《百年孤独》，获得了诺贝尔文学奖。他在获奖典礼上深情地说道，我的祖母曾经告诉我，一个人只有把仇恨写在冰上，才会轻装前行，做好自己喜欢做的事。面对压迫、掠夺和歧视，我们的回答是生活下去；任何洪水猛兽、瘟疫、饥饿、动乱，甚至百年战争，都不能削弱生命战胜死亡的结果。

马尔克斯是聪明和智慧的。在他人生的旅途上，无论遇到多么大的人生挫折和不幸，马尔克斯始终把那些仇恨和愤怒写在冰上，然后潜下心来，静心写作。他将那些优美、富有哲理的文字奉献给读者，给人带来独到之处的回味和思考、带来美的享受和熏陶。

阻击埃博拉

几内亚少年艾哈迈德的父亲突发高烧，上吐下泻，躺在床上奄奄一息。艾哈迈德陪护着父亲，看到父亲病情越来越严重，想到村子里已有几人有这种症状，没有几天就去世了，艾哈迈德预感到情况不好，赶紧带着父亲来到中国帮助几内亚援建的医疗中心救治。

艾哈迈德家住在几内亚西部拉贝区的一个贫穷落后的小村子。这里缺医少药，生活极度贫困。人们生了病，只知道用巫术和占卜，从未想过去医院治疗。同时，这里生活方式十分落后，没有净洁的饮用水和卫生习惯。因为贫困，村民们大多数是文盲，很少有识字的人。

艾哈迈德是村子里少数几个上过学的。初中毕业后，艾哈迈德曾到中国援建的医疗中心当过义工。艾哈迈德在当义工时，从中国医生那里，学到了许多基本的护理知识，他深深地感到现代医学是多么的重要。回到村里，他常常义务为村民们宣传卫生知识，做一些简单的医疗服务，村民们热情地称他是“乡村医生”。

中国医生检查后发现，艾哈迈德的父亲得了一种名叫埃博拉的传染性疾病，这是一种烈性传染病，主要通过皮肤接触、血液、体液等方式传播，致死率非常高，目前国际上还没有研究出有效的疫苗，得了这种病，主要对病人马上隔离，采取一些支持性的治疗方法。

医生马上对艾哈迈德的父亲采取隔离观察治疗，同时得知，这几天都是艾哈迈德在家里帮助照顾他父亲的，于是，对艾哈迈德也进行了隔离治疗。

几天后，艾哈迈德的父亲因病情严重，不幸去世。很快，艾哈迈德也出现了埃博拉疾病的临床症状，但是由于发现的早，治疗及时，艾哈迈德很快恢复了健康。

艾哈迈德非常感激中国医生给了他第二次生命。回到村里后，艾哈迈德向村民们积极宣传卫生常识，用自己的经历宣讲埃博拉疾病的防治知识，引导村民们采取积极、健康的生活方式。他还带领村民们在村里打了几口水井，这是村民们第一次饮用洁净的饮用水。过去村民们主要喝泥塘里的水，那里的水牲畜们也饮用，混浊不堪。

有的村民们对埃博拉疫情不了解，要他们改变传统的生活方式具有很大的抵触情绪。艾哈迈德就挨家挨户做工作，渐渐地，村民们开始有病治病，没病防病，极大地提高了村民们的防范意识。

艾哈迈德对村民们说，中国医生告诉我，埃博拉的传染性是可怕的，但更可怕的是我们生活的陋习。只要我们群防群治，就一定能战胜埃博拉的传染性疾病，使我们的生活迎来新的希望和曙光。

绵延的乡村小路上，艾哈迈德奔波在星星点点的村户家中，挨家挨户地宣传卫生防疫知识，在他的身后，越来越多的村民也加入了他的阻击埃博拉行列中。

阻击埃博拉，像一股滚滚洪流，在几内亚、在整个西非，上演着可歌可泣的一幕。

融化在蓝天里

“你看，多么蓝的天哪，一直朝前走，不要向两边看，你就会融化在蓝天里。”这是日本电影《追捕》里的一句经典台词。1980年，这部电影刚上映时，正逢我准备参加高考时期。这部电影的巨大诱惑，让我放下书本，与几个同学一道，跑到了电影院。

我们被影片精彩场面所震撼，特别是影片里的那句充满着诗一样的经典台词，更是让我们熟记于胸。

一出影院，我们就开始模仿影片里的那句台词，当说道“融化在蓝天里”时，我们情不自禁地眺望着远处天空中那一片蔚蓝，眸子闪烁着憧憬的神色，仿佛就要融化在蓝天里。

一个名叫黄小强的同学忽然问道，我们的蓝天在哪儿呢？

这一问，一下子让我们愣住了。是啊，我们的蓝天在哪儿呢？

那年高考，我们班只有4个同学被大学录取。那时的大学录取比例很低，一所学校也就录取七八个，有的学校还是“光头”。

在车站，我们几个同学带着行李，可是，我们却要奔赴不同方向。我和另一个同学，将到北方一所大学上学，小强和另一个同学去南方打工。小强有些遗憾地说道，如果我要是少看几遍《追捕》，也许不会落榜了，那段时间，我的精力太分散了，随即，他话题一转，抬起头，脸上露出幸福的神色。他说，不过我不后悔，我终于知道了还有你就会融化在蓝天里这样诗一样的语言，它给我的人生带来一种新的色彩。

我们惊讶地知道，被我们称为“班花”的小丽，与一个澳大利亚男青年在一起。她说，她就要嫁给那名澳大利亚人了。

我们很担心，她才这么小，就要嫁人了，而且是要嫁给一个澳大利亚人。在当时，我们感到十分担心，她一定会受骗的，她肯定再也融化不在那蓝天里了。我们都怀着十分敌意的目光看着那个澳大利亚人，仿佛他就是影片里的那个横路进二。

那年车站一别，成为我心中的一个痛，一直难以忘怀。

我一直想融化在蓝天里，可是，我一直在尘世间艰难地活着。我下过岗、当过搬运工、干过营销商。50多岁的时候，我成了小区的一名保安。我常眺望着雾茫茫的天空，还想起当年想融化在蓝天里的那句台词。感到眼前一片茫然。

那年在车站分别后的几个同学，以后我们再也没有见过面，我不知道他们是不是融化在蓝天里了？听说澳大利亚那里的天空很蓝，不知当年的“班花”小丽是不是也融化在蓝天里了？

爸爸，那是我的梦想

珍妮是一个8岁的小姑娘，长得非常可爱，金色的头发，像瀑布似的披散开来，蓝蓝的眼，像宝石一样清澈、明亮。珍妮的爸爸、妈妈是商人，他们希望珍妮长大后，能像他们一样，把生意做大做强，光宗耀祖。因此，他们从小就对珍妮灌输许多做生意的思想，珍妮脑瓜子很灵，尤其对计算很精通，他们感到很欣慰，他们想，如果珍妮长大了，一定是个做生意的料。

珍妮家的邻居琼斯小姐是一名小学音乐教师。每天，从琼斯小姐家中传来的钢琴声，深深地吸引着珍妮。悠扬的琴声，使珍妮情不自禁地载歌载舞起来。

有一次，珍妮伏在琼斯的窗前，聚精会神地聆听着。琼斯看见珍妮，停下手，亲切地问道，珍妮小姐，你想学弹钢琴吗？

珍妮听了，脸上泛起幸福的红晕，她怯怯地答道，想！

琼斯小姐笑道，那就进来吧，我来教你！

珍妮轻轻地应了一声，然后进了琼斯小姐的家。

珍妮终于看到了琼斯小姐的那架黑色的钢琴。钢琴很大，泛着幽幽的光芒，那黑白相间的琴键，像楼梯一样，错落有致。这是珍妮第一次这么近距离地看到钢琴，她仿佛感到那钢琴散发出圣洁的光芒。

琼斯小姐爱怜地抚摸着珍妮的头，说道，来，坐在我身边，我教你！

珍妮心里像揣着个小兔子，小脸蛋兴奋地通红。琼斯小姐将纤细的手指在琴键上轻轻一按，立刻响起浑厚的声音，那声音，在房间悠悠回荡，沁人心脾。

珍妮学着琼斯的样子，往琴键上轻轻一按，也响起了浑厚的声音。

琼斯小姐抚摸着珍妮纤细的手指，赞叹道，真是个弹钢琴的手。随后，又说道，只要你愿意，随时可以到我家来，我会教你弹琴的。

珍妮听了，高兴极了，她转身拥抱着琼斯，说道，谢谢琼斯小姐！我一定要弹出像您弹得那样好听的曲子。

悠扬的琴声从琼斯家窗前飘出，不知不觉，两个多小时过去了，珍妮在这两个多小时里，感到很快乐，她的心随着按下的琴键发出悦耳的声音飞起来了。

琼斯抚摸着珍妮金色的头发，和蔼地说道，亲爱的珍妮，今天就学到这儿吧，明天再来学吧。

珍妮依依不舍地和琼斯话别后回家了。

到了家，她的两只手指还情不自禁地上下动着，像是按动在琴键上。爸爸看到珍妮喜形于色地在比比画画的，奇怪地问道，珍妮，你在干什么呢？

珍妮兴奋地说道，爸爸，我刚才到邻居琼斯小姐家学弹钢琴呢，琼斯小姐说我弹得很好，是个弹钢琴的料，爸爸，您也给我买一架钢琴好吗？我也要学弹钢琴。

爸爸惊讶地问道，弹钢琴干什么？你应该学做生意，等你长大了，成为一个大老板，有好多好多的钱，那多光彩！

珍妮听了，不禁神色黯然下来，她默默地回到自己的房间，心里充满了惆怅。

夜里，珍妮做了一个甜美的梦，在梦里，她像琼斯小姐一样，在钢琴上，她的十指，像翻飞的花蝴蝶，弹奏出许多优美的曲子，那曲子，像长出了翅膀，飞出窗外，飞出很远、很远……可是，她醒来，却发现自己只是做了一个梦。她想到爸爸那严厉的面孔，心里又溢满了惆怅。

天亮了，她又听到了从琼斯小姐家中传出的悠扬、清脆的琴声。那琴声，仿佛是在深情地呼唤，她的心激动极啦，她一阵风似的跑到琼斯小姐家。

琼斯小姐看到珍妮来了，热情地招呼她坐在自己的旁边，然后开始手把手地教她弹琴。珍妮学得很认真，琼斯小姐在一旁频频点头，脸上露出赞许的笑容……

爸爸又开始训斥珍妮了，你怎么又跑到人家学琴去了？你应该学做生意，像爸爸、妈妈一样，将来当个大老板，多风光啊！

珍妮抬起头，勇敢地和爸爸的目光对视着，然后一字一句地说道，爸爸，那是我的梦想，你可以批评我，但是不应该扼杀我的梦想。我长大了，也想像琼斯小姐一样，当个钢琴老师，弹奏出优美的音符，让每一个音符，在孩子们的心田里开出灿烂的花朵，芬芳馥郁。

爸爸听了，一下子愣住了，他久久地盯着珍妮的眼睛，好像不认识女儿似的。女儿的一番话，仿佛在他心头掀起巨大的波澜。过了好一会儿，他重重地叹了一口气，然后转身离开了。

珍妮呆立在那里，她心里有些慌乱，她想，自己刚才一定说错了什么，气得爸爸一句话也没说就走了。

过了几天，珍妮放学回来，一进家，就惊讶地看到，家里也有一架和琼斯小姐一样的钢琴。那钢琴，散发出幽幽的光芒。再一看，爸爸正站在钢琴旁向她微笑。她一下子全明白了，她亲切地喊了声：爸爸！然后幸福地扑进爸爸的怀里。

爸爸对珍妮说道，孩子，你说得对，这是你的梦想，实现梦想，才是人生最大的幸福。好好向琼斯小姐学弹钢琴吧，无论将来你能否实现自己的梦想，但是，从现在起，你能为那个遥远的梦想一步一步地奋斗，就是一件了不起的事。

珍妮静静地听着，她的眼里不知不觉已噙满了泪水，她感到自己正被一股浓浓的幸福包裹着。她忽然问道，爸爸，您像我这么大的时候也有一个美丽的梦想吗？

爸爸听了，过了很久，他才缓缓地说道，爸爸像你这么大的时候，也有一个梦想，我的梦想是长大了当一名消防员。那时，我家的邻居就是一名消防员，每当遇到火情，他穿着消防服，拿着消防水枪，对着凶猛的大火，勇敢地扑救。一次，他带我到他工作的消防队参观。在那里，我看到了一个个消防队员，他们集合、训练、跑步、爬高，可勇敢啦。就在那一刻，我萌发了长大要当一名消防队员的梦想。可是，你爷爷知道后，坚决反对我当消防队员，让我在他的杂货店里学做生意。就这样，我当消防队员的梦想破灭了，干着我不情愿干的事。尽管我现在生意做得很大，可心里面似乎总有一丝失落。那天，你对我说的一番话，仿佛又一次触动了我童年的梦想。是的，孩子，你说得对，“你可以批评我，但是不应该扼杀我的梦想。”梦想，永远是人内心里最纯粹的美好和灿烂，对孩子的每一个梦想，我们做家长的都应该支持。

珍妮静静地聆听着，心里涌起绵绵不绝的温暖和感动。原来，在爸爸小时候，也有一个美丽的梦想。虽然他的梦想没有实现但对于自己的梦想，他没有武断地去扼杀，而是小心翼翼地呵护着，想到这儿，珍妮情不自禁地再次扑进爸爸的怀抱里，深情地喊了一声：“爸爸——”泪水再次夺眶而出。

爸爸轻轻拍打着珍妮的后背，说道，好啦，将你在琼斯小姐家学的曲子，弹给爸爸听吧。

珍妮兴奋地坐在钢琴前，纤细的手指轻轻按在黑白相间的琴键上，顿时，钢琴发出了悠扬、动听的音乐。那美妙的音乐像长了翅膀，飞出窗外，飞出很远、很远……

爸爸，我不欠你的了

克鲁斯是美国华尔街一名金融银行的大老板。克鲁斯不仅是一个受人尊敬的银行家，而且也是一个好父亲。克鲁斯有一个儿子，名叫小克鲁斯。克鲁斯希望儿子今后也能像他一样，成为一个让人羡慕的银行家。

为了将小克鲁斯培养成一个未来的银行家，克鲁斯从小就十分严格要求小克鲁斯，他将小克鲁斯送进纽约一家著名的贵族私立学校，他要求小克鲁斯在学校里，每次考试必须是前几名，否则，就要实行严格的家规。

令克鲁斯高兴的是，小克鲁斯从小就展现出很高的学习天赋，在学校里，他的学习成绩一直名列前茅，从没有让他失望过。

不经意间，克鲁斯发现，儿子趁他不注意，总是喜欢跑到花园里摆弄花园里的那些花花草草。家里的花匠师傅乔治对克鲁斯说，小克鲁斯真聪明，他喜欢跟我学养花草，他自己培植的郁金香，长势很好，比我培植的郁金香长势都好。

克鲁斯听了，一下子火冒三丈，他大声指责乔治，你怎么能让我儿子跟你学习种植花草呢？这不是影响他学习吗？我儿子将来是要在华尔街当银行家的，一个未来的银行家，怎么能学种花草呢，下次你要再敢教小克鲁斯种植花草，我就扣你的工钱。

乔治看到老板克鲁斯发这么大的火，一下子不知所措，他嗫嚅道，下次一定不让小克鲁斯种植花草了。

老师珍妮小姐告诉克鲁斯，小克鲁斯不仅学习好，而且喜欢到学校花房里帮花匠师傅种植花草，他培植的紫罗兰长得真好，我已让他当上花房的见习小馆长了。

克鲁斯听了，大惊失色，他气急败坏地说道，珍妮老师，你开什么玩笑？你怎么能让我儿子到花房里跟花匠师傅摆弄那些花草呢，而且还给他当了个什么见习小馆长，你这不是误人子弟吗？我儿子将来是要在华尔街当银行家的，一个未来的银行家，怎么能学种植花草呢？你太误人子弟了。

珍妮小姐听了，眼里噙满了泪水，她哽咽道，克鲁斯先生，喜欢种植花草是小克鲁斯的爱好，您不应该剥夺他的这一天性和爱好！

克鲁斯气愤地说道，我说不行就不行，种植花草一定会影响学习的，现在正是他学习的时候，你怎么能让他分散精力呢？下次如果再发现你让小克鲁斯到花房里种植花草，我就到法院起诉你。

珍妮听了，心里满是委屈。

克鲁斯对小克鲁斯严厉警告说，今后如果再发现他到花房里搞那些花草，就把他关在房间里，不让他出去。

小克鲁斯流着泪，他默默地走进房间，将那些种植花卉的书刊全部收起来了，也收起了他一颗少年的心……

小克鲁斯果然不负老克鲁斯的期望，在学校里，他门门功课考试都是A，人们称他是“学霸”。小学毕业后，他以优异成绩，考取了纽约一所著名中学。考取这所中学的，大多数是全美优秀学生。在中学里，小克鲁斯学习依旧出类拔萃。

克鲁斯看到儿子这么优秀，脸上露出幸福的笑容，他想，再这样下去，小克鲁斯将来一定会像他一样，成为华尔街上一名优秀的银行家，这样的职业，才是世上最受人尊敬和羡慕的。

中学毕业后，小克鲁斯以优异成绩考取了克鲁斯的母校哈佛大学。克鲁斯笑了，他终于舒了一口气，他想，儿子真争气，一切都在按照自己设计的美好蓝图发展着。

大学毕业后，小克鲁斯顺利地被华尔街一家著名跨国银行聘任，年薪80多万美元。这家跨国银行在世界许多国家都设立了分支机构，这是家许多人都梦寐以求想进的大银行，能进入到这样的银行工作，就是成功和身份的象征。

当克鲁斯得知儿子被这家著名跨国银行聘任后，欣喜之情溢于言表。他紧紧地拥抱着儿子，激动地说道，儿子，我的梦想终于实现了。你是我一生中最完美的艺术杰作，从小，我就努力培养你，把你送进最好的学校上学，接受最好的教育，就是希望你将来能像我一样，当一个受人尊敬的银行家，拿高薪，到世界各地去旅行。你没有辜负我的期望，你真是好样的！

克鲁斯惊讶地发现，儿子没有表现出一点的喜悦，脸色冷淡地转身离开了。

早上，克鲁斯起床，发现床头有一封信，他疑惑他打开信，只见信上写道：

爸爸，从小您就希望我将来像你一样，当一个让人羡慕的银行家。在您的严厉管教下，在您的规划下，一步一步，按照您的意愿成长着。我一心一意埋头学习，从不敢越雷池半步，我只要稍有违规，就会招来您的严厉呵斥。可是，您知道吗？我从小就喜欢种植花卉。花匠乔治先生就是我最羡慕的人。我偷偷地跟着他学习种植花卉，看到我亲手种植的花卉一天一天地长大，我的心里别提有多高兴啦！在学校里，珍妮老师看到我喜欢种植花卉，就经常带我到学校花房里，见识各种花卉，使我大开眼界，她还让我当了花房馆小馆长。花房的亨特先生还送给我许多花卉方面的书籍。我从小就有一个梦想，长大了，就当一名像乔治先生、亨特先生一样的花匠，培育各种美丽的花卉，把我们这个世界装扮得更加美丽。可是，您知道后，大发雷霆，就这样，您把我想当一名花匠的梦想扼杀了，我只能按照您规划的蓝图拼命学习，将来能像您一样，当一名让人羡慕的银行家。可是，我内心里想当一名花匠的梦想，从没破灭过，我把这个梦想深深地埋藏在心里。今天，我终于实现了您的梦想，成为华尔街一名银行家，我的任务也完成了。我想说的是，爸爸，我再也不欠你的了。今天，是我到银行上班的第一天，同时，我也向银行提出了辞职申请。当您看到这封信时，我已正式在西市大街花房里上班了，我终于实现了童年的梦想，我是多么高兴啊……

克鲁斯看到这里，惊讶的目瞪口呆。没想到，自己精心打造的“杰作”，内心里却如此叛逆。那句“爸爸，我再也不欠你的了”，像一把锋利的匕首刺进了他的胸膛，令他伤心欲绝。此时此刻，